本书属于中国国家新闻出版广电总局和俄罗斯出版与大众传媒署批准的"中俄文学互译出版项目·俄罗斯文库"。由中国文字著作权协会和俄罗斯翻译学院负责组织实施。

Самоучки

自学成才的人们

Антон Уткин
〔俄〕安东·乌特金 著
刘洪波 译

中俄文学互译出版项目·俄罗斯文库

北京大学出版社
PEKING UNIVERSITY PRESS

著作权合同登记号　图字：01-2015-5798
图书在版编目(CIP)数据

自学成才的人们/（俄罗斯）乌特金著；刘洪波译. —北京：北京大学出版社，2015.8
　ISBN 978-7-301-26222-1

Ⅰ.①自… Ⅱ.①乌… ②刘… Ⅲ.①长篇小说—俄罗斯—现代 Ⅳ.①I512.45

中国版本图书馆CIP数据核字(2015)第198525号

　　本书属于为中国国家新闻出版广电总局和俄罗斯出版与大众传媒署批准的"中俄文学互译出版项目·俄罗斯文库"。由中国文字著作权协会和俄罗斯翻译学院负责组织实施。

书　　名	自学成才的人们
著作责任者	〔俄〕安东·乌特金　著　刘洪波　译
责任编辑	兰　婷
标准书号	ISBN 978-7-301-26222-1
出版发行	北京大学出版社
地　　址	北京市海淀区成府路205号　100871
网　　址	http://www.pup.cn　新浪微博：@北京大学出版社
电子信箱	lanting371@163.com
电　　话	邮购部62752015　发行部62750672　编辑部62759634
印 刷 者	北京中科印刷有限公司
经 销 者	新华书店
	650毫米×980毫米　16开本　15.5印张　220千字
	2015年8月第1版　2015年8月第1次印刷
定　　价	38.00元

未经许可，不得以任何方式复制或抄袭本书之部分或全部内容。
版权所有，侵权必究
举报电话：010-62752024　电子信箱：fd@pup.pku.edu.cn
图书如有印装质量问题，请与出版部联系，电话：010-62756370

> 我们面前是荒寂的世界，
> 无可抵挡的命数已然来袭——
> 然而我们，兀自挣扎不歇，
> 孤立无援，被整个自然遗弃。
>
> ——丘特切夫[①]

几年前，我还没毕业呢，就开始为一家时装杂志写东西了。这家杂志的发刊词很雷人："正在发生着什么，你懂的。"应当预先说明，其实，无论是在当时，还是在以后，对于周围发生的事，谁也没弄懂，什么也没弄懂。昨天还是中学生和退伍军人、商品采购员和工地施工员，突然间摇身一变，就成了"富有的经济部门负责人"了，逍遥于任何法律之外的盗贼、令人怀疑的权威和坚定不移的家庭主妇们，转瞬间就发家致富了；城市抽风似地到处都在修缮，而在那些粗刻乱画的门洞里，则散发着一股子干大麻的味道。大笔来得容易的钱让人头晕，而且被弄昏头的绝不仅仅是那些被意料之外的甜蜜雨点砸中的人们。它们容易到手，也像烟一样，消失得更轻易。人们带着漫不经心的笑容把它们送走，并没有很不舍。一切皆有可能，一切都触手可及。

厨房，我们的莫斯科的厨房——这一停滞时期的"英式俱乐部"、青春的议会、精神生活的聚集地——突然间，变成了一个准备食物用的、枯燥的房间。秘藏着的自由的芬芳，灵

[①] 题词选自丘【俄】特切夫写于1829年的抒情诗《无眠》，李易雨簌译。——译者注

感、神秘的流溢、思想和灵魂之飞翔的馥郁而动人的芬芳，被进口半成品的味道所取代，而神圣的茶则开始直接在茶缸子里沏了，那茶缸子也是进口的，粗壮的像大象腿或者像立着放的劈柴。沏茶的水是在微波炉里面煮沸的。搬迁、离去的事情一个接着一个，成群结队，没完没了，给老朋友打电话再也不能拨类似241×××这样的号码了，而是要在那些奇特的国家那令人费解的号码中纠缠不清，动不动就得冒着一不小心便会误打误撞到那些百无禁忌的姑娘们那里去的风险。或者不得不努力地把诸如"拉伊纳利上校街，里昂×××"之类的东西弄到信封上去（这一切当然是用法语的）。

在那里，年轻人寻欢作乐，消磨着闲暇的夜晚，即便是在冷清的午夜时分，当空旷的街上行人的脚步声可以传出一公里远时，舞场里依旧挤满无忧逍遥的人群。在盘旋着时髦的香烟烟雾的空气中，缭绕着各种诱惑和预感，甚至连此间的姑娘们都神话般地估量起自己来，仿佛她们是某些已经消失了的王国的公主。音乐在狂啸，人们觉得自己领受了圣餐——那一如既往地翱翔在无际的黑暗星系间的巨大世界的全部秘密，尽管他们中的大多数人从未离开过环线的边界。

我的主编和我一样，也是个年轻人，一个成规的推翻者。这些成规，不绕弯子地说，早在他出生以前就有裂纹了，于是他这个暴乱分子（这里用的其实是这个词最窄的狭义），同时也是纳博科夫和乔伊斯的狂热崇拜者，向我倾注了一些他自己狂喜的浊流。

"老兄，"他高声说，"你就想想吧！用十页纸来写人怎么大便，不是某个人，而是人。这可真妙！"

不管怎么说，我忍受类似的谈话，只是因为它们通常会被一两杯超级棒的咖啡所冲淡，确切地说，是浸润。这种咖啡在编辑部的小吃部里做得是妙不可言。

除此之外，就像所有的主编一样，他总是恰好从我的报道中把我最得意的那几行勾掉，并迫使我加进去另外一些我根本不想写的话。

主编就是在这个时候对我们杂志的新理念着魔的——杂志的所有者买下了原先的名称，在这个名称荫蔽下，过去的主人们，伟大的持不同政见者们的后裔，在有些晦暗的、改革前的岁月里，以极大的热忱播撒过民主，就像当初尤利安皇帝①在自己摇摇欲坠的帝国播撒狄俄尼索斯崇拜时所秉持的热忱一样。

"让这个破烂儿见鬼去吧！"主编叫嚷着，"我们感兴趣的是那些从后门偷窥来的一切。我们付费是为了什么呀。谁靠什么生活，谁和谁睡觉，谁有什么病……这才是你永恒的价值。"他一贯这么补上一句，一边疲惫地挥手驱散我释放的烟雾，就像我是一条喷火龙，而非国家的体面公民似的。这个国家已经更新到它仿佛不存在的程度了。"老兄，你要明白，得多一些自然主义。是时候敞开来写了。"

一句话，这是个在各方面都充满激情的人，是世上最热爱

---

① 君士坦丁王朝的罗马皇帝，公元361—363年在位。他是罗马帝国最后一位多神信仰的皇帝，并努力推动多项行政改革。——译者注

健康生活方式的人，不过他没时间去过这样的生活，爱妻子，却怕她，爱孩子，却不知道怎么去做。

这一次需要尽快建一个题为"我的倒霉事"的栏目。按照主编的想法，新专栏的细节必须能吸引公众的注意力，主人公们应该亲身经历过因血腥而黏腻的、可怕的和充满诱惑的时期的一切波折，最好是年轻人。这里的理想人物可以是以学设计飞机开始，而后这么个没成器的学者以把飞机卖掉结束，瞬间就赚了数百万，然后破产了，准备积攒新的数百万。或者需要塑造个女主人公——一个年轻女人，不想仅靠虚构的薪水生活，因此不惜运用一切手段，经由诱惑的斯库拉和拐弯抹角的卡律布狄斯①，闯出一条并不轻松的，几乎是受苦受难的道路。

我们的杂志是每周面对读者，因此就需要很多没成器的学者或者妓女——过去的芭蕾舞演员或者音乐学院的女大学生。无可争议，他们全都生活在我们身边，和我们呼吸着同样的对任何肺腑都有害的莫斯科的空气，但是不管怎么样，毕竟每周挖掘出一个破产的百万富翁并非易事。

任务既定，剩下的就是找到解决它的途径。新时期需要有自己的主人公们，那些被沉重的、宝贵的分分秒秒培育出来人——毫无价值。

"想吧，老兄，想吧，"主编在告别时扔下话，"能怎么

---

① 希腊神话中斯库拉和卡律布狄斯是在意大利和西西里之间隔墨西拿海峡而居的两个妖怪，溺死过往的航海者。现实生活中斯库拉指位于墨西拿海峡一侧的一块危险的巨岩，它的对面是著名的卡律布狄斯大漩涡。——译者注

办呢，杂志得有意思啊。"他叹了口气。

我也叹了口气。

回家的路上，我愁眉苦脸地四下环顾，心里既咒骂主编，也咒骂百万富翁。各大公司出品的小轿车成群结队地超过无精打采的无轨电车，从身边驶过，每个轿车里都坐着一个，不然就是两个百万富翁；在路边以造作的姿势站着那些昨天的芭蕾舞演员，商亭昏暗的灯把自己的光打在啤酒瓶的绿色玻璃上，这些啤酒瓶被破产的百万富翁们感恩地从售货员——很可能是今天的大学生和未来的百万富翁——微微发抖的手上接过。

我在心里逐一检索我的亲朋好友，但是就好像和我作对一样，没一个适合这个倒霉的栏目。他们中一些人在买办资产阶级的行列中贩卖祖国，真心觉得收入不赖；另一些人就像纤夫背负着自己的纤绳一样，无望地过活，却还被称为国家公务人员；第三种人根本什么也没做，没想过任何赚千百万的事情，从未当过大学生，但他们倒在压瘪的沙发上朝天花板吐吐沫，活得比所有其他人都好，尽管这令人吃惊。"我的那些丑鬼输了。"他们中的一些人会用绝望的声音嘟囔，说的是一支著名的足球队，而且显然，在任何政权下和任何天气里类似的沮丧对于他们而言都将是最痛心的。

如此说来，他们所有的人尽管没有受穷，但也只是在准备挣自己的第一个百万，而报刊工作不是文学，它关心的是结果——辉煌的或者有点像灾难的结果，而非某些准备工作和荒诞无稽的计划。不值一提的是，我自己更不适合这一角色。

"写自己不行。"主编沮丧地说,尽管他开着一辆价值相当于一处好住房的汽车到处走,并且有事没事打手机,与此同时,在他那张办公桌上——其规格令人想起世纪初彼得堡市长的桌子——普通的电话机成排地摆放着,恰如空降兵的战斗机在01660部队的停机坪上一样。

这是为数不多的我能同意他的一件事:不管是他,还是我,都不是为类似的栏目而生的。

画上句号后,我开始意识到,是时候讲讲自己了——所幸这不需要太多的话。正如所有其他人一样,一开始我出生了,然后学习,就像大多数人一样。从母亲处我效法来对历史图书馆和其他藏书库的依恋,而父亲(当然,是无意识地,就像世界末人们所常说的,遗传性地)在我身上激发了对一种饮品的隐秘欲望。这种饮品自古以来——隐瞒它是罪过——对我们同胞中的许多人而言就可靠地既代替了个人生活,也代替了民法法典。等我到了征兵年龄……在自己并不复杂的履历的这个地方,我通常会卡壳儿,并且无法克制住要向一位不幸的我国诗人转达一句话,在我于尘世的蓝天下第一次发出歇斯底里的声音之前整整一百三十一年的时候,他已然详尽无遗地表达了这些东西的实质。

> 有谁热爱着荒野的风光,
> 如远古那般赤身裸体,
> 溪流与丛林,峡谷和山冈,

天然美貌无一丝雕饰。

　　有谁倾倒于自由的精神，

　　这样的精神对于欧洲人

　　不久前已成为了过去

　　那么，一旦遇上空闲时光，

　　请你离开大学的庭户，

　　换上你远游的轻便行装，

　　跟随我身后安然漫步。①

　　诗人这样写道。

　　我的亲人们认为，我总是不够刚毅。父母仿佛预感到我会有性格方面的麻烦，给我起了个像石头一样硬朗的名字——他们管我叫彼得。至于姓氏，我的姓足够可笑的，人们头一次听到它时，在他们脸上都会浮现出克制的笑容，好像给了我不再重复说出这一荒谬的声音组合的权利。

　　就这样，我和其他新兵一起，在乌格列沙街上那个著名的市集合点的防护垫子上滚了三天三夜，吃的是家常馅饼，然后坐在普尔曼式车辆里，被运到了立陶宛的某个边远之地。专列停在了一个四周长着茂密的云杉的林间空地上，从云杉的枝条上像楔形的胡须一样垂挂下瓦灰色的苔藓。除了云杉，空地还被神情冷峻的士兵们包围，他们极其鄙视地观望着我们。然

---

① 俄罗斯诗人波列扎叶夫（Полежаев А.И.，1804—1838）的诗句，李易雨篪译。——译者注

后我们发现自己到了一处四墙脏兮兮的简易住所里，要在这里洗掉属于老百姓的污泥浊水，换上一身棉纺的衣服和梦寐以求的条纹背心。一个面色黝黑、穿着黑色连衫裤的人和一个勇士般魁梧的木头墩子站在一排，他的一只铁腕握着一把硕大的斧头。后来搞明白了，他这是在把一堆堆的破布片丢进那个可怕的炉子——这炉子有一扇很像电影摄影机的炉门——之前，用这把斧头斩断我们的过往。我们的便装化为黑烟飞出烟囱，和它的烟团一起消散的还有莽撞的少年的幻想。之后来了个不拿斧子、但在制服上戴着勋章牌牌的人，脸上的神情更加凶狠，他让我们不要浪费宝贵的一分一秒。计时开始，他一边补充道，一边看了一眼手腕，而手腕上根本就没有表……

总之，我在那儿遇到的完全不是我的亲人们所预期的那些情况，但已经回天乏术了。

下班回到家，我苦闷到了极点。借助电话帮忙，我开始完成主编的任务。打了几通电话——有管我叫白痴的，有傻笑的，有呼哧呼哧喘粗气的，有建议我上门做客，顺道买瓶酒的——之后，我开始看电视，麻木地盯着屏幕。屏幕这东西，你要是从外表看，它还真的是蓝色的。翻找印有电视节目单的报纸时，我才想起来，新的一周已经来临，于是慢吞吞走楼梯下去看邮箱。

邮箱当然已经被塞满了各种废物：让你去遥远的什么环礁旅行的，水上游览的，向你推荐健身器材、减肥产品（尽管，坦率地讲，我需要的恰好是相反的产品）的，兜售一千二百万的花园洋房或者四十万的单栋别墅的——各取所需,就像"雾国之子"们在学会写东西后有一次写的那样。

我抽出印着节目单的那份报纸,展开,从里面掉出一个信封。刚开始那上面的地址不仅没给我什么提示,反而加重了我的疑惑不解。"卡拉斯诺达尔边疆区,拉宾斯克市"。回到住所,我把电视机那非人类的声音关小了,好奇地撕开了这个信封。我读到的东西把我满脑子的百万富翁、破产学者、高级妓女完全引开了,并且让我失掉了本就少得可怜的睡眠。在那张盖有拉宾斯克市公证处公章的公文纸上,我被告知:位于克拉斯诺达尔边疆区拉宾斯克地区阿扎普什镇的一处面积为五十四平方米,带宅旁园地的住房,作为遗产,可由我继承。不可能出错——不管是名字还是地址都写得准确清楚。公证处邀请我到拉宾斯克市去办手续。稍晚一些时候,我才注意到公证处手写的附言,附言告知,给我的这一珍贵的馈赠源自拉祖瓦耶夫公民。信中还附有遗嘱本身的复印件。嗓子发干,我往嘴里塞了一根烟,开始在屋子里走来走去。遗产,这个词有时候是可怕的。我和这个人有过某种联系……是的,正是这话——有过某种联系。我们一起在军队服过役——这不是很久以前的事,但也是很久以前了,当时我们还是在部队,而不是那个一只黑色的蠢鸟就可以充当其图腾的游击大队的时候。

一整夜的紫色天光折腾尽了,快到早晨时,我做出了决断,给我的主编往家里打了个电话,把事情讲了讲。

"那么,你就去一趟……"他迟疑地嘟哝道,又生气地补充说,"你别忘了,周五前你要交关于地铁的简讯。"

"我记着呢。"我也同样生气地回答道。

休假季接近尾声,所以飞机票我没费劲就买到了。包里匆忙间收拾的东西叽里咣嘟乱响着,心脏在胸膛里跳得厉害。

黄色的、挤得满满当当的大巴绕了个半弧滑向飞机,人群像从翻斗车上卸下的多彩垃圾一样,涌到了跑道上。舷梯上端的平台上站着一位空姐,冷漠地盯着我们这一大帮人。我总是更愿意做一个旁观纪事者,所以我在那些冲锋陷阵的背影后面,把包放到被涡轮机清扫干净的混凝土地面上,躲开航空燃油那干巴巴、刺鼻的味道,准备好等待。几个朋友拖着一个喝醉的男人,怎么也无法把一个小旅行箱塞给他,他哈哈大笑着挣脱出来,向某个看不见的人挥手告别,转身之际朝着其他旅客的脑袋歪倒下去。两个姑娘,就像一盒烟里的两根香烟一样,戴着墨镜(尽管并没有太阳),穿着高防水台的鞋子,也在稍远一点的地方站着——默不作声,全然不动,带着一种最后的莫希干人①的淡然,透过自己的玳瑁框眼镜观察着拥挤不堪的情景。我费力地穿过机舱里的拥挤,三次绊到不知是谁的脚和没放好的包,来到自己的座位前,扑通一声跌坐在装饰着精致的苫巾的座椅上。小苫巾原来设想的应该是雪白耀眼的,曾几何时兴许也有过洁白耀眼的时候。一秒钟后,在登机时展露过令人赞许的沉着镇定的姑娘们出现了,原来,她们就坐在我

---

① 原为美国作家库珀的小说名,喻某衰亡种族最后的残余者。——译者注

的邻座。她们彬彬有礼地落了座,摘掉了墨镜,从包里掏出旅途读物,便用不善的、莫测高深的眼神盯着杂志的光泽。姑娘们把这一切做得如此整齐划一,这是任何一个自尊的长官都会愿意在自己的新兵身上看到的。空姐又一次露脸了,向机舱送出了一个萎靡的笑容,飞机沿着跑道滑动起来,不时在混凝土板接缝的地方颠簸一下。被干线公路的带子分割得七零八落的城市,在雾和排出的废气那汹涌的混合物中游开去了。

很快,舷窗外就什么也看不见了,除了那些动荡不安地疾驰而过的蓬松的云,它们就像革命年月里在秋天赤裸的街道上随风飞舞的报纸的碎片。画有一根打了叉的香烟的显示屏亮了,马上第一波吸烟者就开始向厕所移动。拿出拉宾斯克公证处的信,我低下头并斜眼看姑娘们。离我近的那位看的正是我当记者的那份杂志。仿佛是故意作对一样,它打开的那页刚好是我最近的一篇文章,其中主编阐述了自己对于我们当代艺术的见解。第二位姑娘,那个离我稍远点儿的,也翻着一本杂志——是那些照片比文字多六倍的杂志之一。她在为填字游戏伤脑筋:以我能看清的来说,编填字游戏的人给了下面这些谜题让人来解:"赞助活动的基础是什么?",选择"外来词'沙尔木'的俄语对应词",猜猜什么是"时髦服装上的'好咬人的东西'?"或者判断一下,"作为王朝的代表,波兰国王卡西米尔大帝曾是什么人"。在填字游戏的黑白网格之上有一些花里胡哨的照片——其中的一幅照片上,几个勇猛的青年人,稍稍抑制住绽开的神秘笑容,以猛兽般的、许诺着十日谈式享受的调皮眼神望着我和姑娘。他们代言的是号称既能俘获挑剔的女性，同时也能博得生意伙伴信任的服装。这些西装里有一件让我觉得眼熟。巴维尔第一次把自己那敦实的身躯挤进我十四平米的蒙普莱西尔宫①时，身上就穿了件类似的西服。就像农民会和自己的家畜一起住进农舍一样，和我一起住进宫殿的还有我的全部财宝：一台老掉牙的Underwood牌打字机，声音大得像转轮手枪；一把在与人体接触的部位上，红色的油漆被磨掉了，从而露出木头本色的小提琴，据传，普希金曾经在路过乌法总督管区时拉过它，不过由于我童年时候的勤勉，如今再无人能够拉它了。如此说来，我自己觉得还是挺富有的。

我就是在那儿坐等时机，在变动的围困之中，已经失去了原则，但还有信仰。我的中年邻居是个惊人平和的人，在我端着书跑到走廊里去接那铃声震耳欲聋的电话时，他会瞥一眼书的标题，一成不变地问："好钻研的头脑又在啃什么呢？"然后，不等回答，就拐进卫生间去了。

而我呢，作为毕业论文，在解决一个表述如下的问题：我们毫无条理的国家体制——这是一种罪恶的斯堪的纳维亚的灌注呢，还是德烈维戈奇人、维亚迪奇人和波兰人自己拥有的一点儿国家天才在我们的血液里的循环，就像吗啡一样，直至今日依旧驱使着我们，于是我们前行着，要么疯狂地疾驰，践踏

---

① 蒙普莱西尔宫是坐落在圣彼得堡以西29公里的夏宫的组成部分。夏宫以其直通芬兰湾的喷泉阶梯和园林内众多设计巧妙的喷泉而闻名。这里主人公以此自嘲所居住的陋室。——译者注

着自己的婴孩，要么像个忏悔的教民，在齐膝的血水和融雪的泥泞里，挥舞着暗沉的圣象，从一个未知的开端走向一个未知的结局。

于是我，尽管并不能答上这个在二百多年的时间里对过去的事情在行得多的人们都没能成功回答上来的问题，却领悟了无知的初级阶段。那时，我第一次认识到，不管我多么执着和自信（这种自信在青葱岁月是完全可以原谅的），世上存在着没有答案也不会有答案的问题。

毕业论文我是和找工作交替进行的，好像在完成某种仪式——而这仪式的意义我最终不再去理解了——似的，我一次次地带着来自正经受着资金匮乏的出版社、人满为患的编辑部和没有任何熟人的研究所的拒绝信返回家中。为了减轻失败的痛苦——我错误地以为这些失败是暂时的，在地铁站旁我买瓶啤酒，然后进面包店。就这样差不多持续到了秋天。直到我产生了想要见见老朋友的想法。或许是上天听取了我的愿望，或许是一年中的这个忧郁的、引人深思的季节在我心里激起了预期，我想什么就来了什么。

我遇到拉祖瓦耶夫·巴维尔那天，是个星期天，安静的，令人沉思的一天。太阳在树冠上发出并不很明亮的金色，城市就像一个贤哲。我沿着窄窄的人行道走着，从一根根路灯的灯柱旁经过，这些灯柱让我觉得就像是淘金者钉进紧致的土地里的矛，一劳永逸地标示着所有可能的答案。我很清楚地记得那辆大大的蓝色汽车，它从背后的什么地方拐出来，好像绊了个跟头一样地急刹车，巨大沉重的车轮减缓了奔跑，像果戈理街心花园里儿童车的轮子一样徐徐滑动，等到可以并排走了，那均匀转动的辐条，就像念珠一样，用眼睛就能数得过来。

"我在这儿可是已经有半年了，"他高兴得有点跑题地跟我说，"工作……春天来的。"

"在哪儿工作呀？"我问。

"嗯，"他挥了一下手，"胡乱干点事儿。你的地址我弄丢了，你知道吧，而你们这儿甚至连一个问询处都没有，事情就是这样。你买面包？那咱们进去吧。恰巴，你等着。"巴维尔冲着自己那辆像装甲运输车一样的镀镍的怪物里说道。

我买了些干硬得让人吃惊的小白面包，我们又走回楼门口。一辆黑色的车，就像一首著名的浪漫曲里的月亮一样，跟在左边护送着我们，然后停下，熄了火，整个车身倒映在水洼里，它的样子符合公务用车的奇怪品味，对我而言则是最早的童年记忆之一。

"恰巴是谁呀？"在电梯里我问。

"我的司机，"巴维尔解释说。

"像狗一样。"

"咱们呐，别佳，还不如狗呢。难道不是这样吗？"

"也许吧。"为了不得罪人，我应和说。

战友情里有某种野兽般的、不需要言语的东西。可以只是并排坐着，望向不同的方向，与此同时，能感受到交流调色板上的全部色调。他喝光了茶，再一次仔细打量了我的住所。我的眼睛和他一道不无满足地沿着光秃的墙面、落满灰尘和杂乱堆放的书籍做游览，从那里再到没有灯罩的灯和衣柜，衣柜的三个门被刀子戳出了许多眼儿，就像圣徒巴斯弟盎①的大腿被渎神者凶狠的利箭刺穿一样。类似的游览，我的眼睛每天都要在严肃沉思的时刻完成好几遍。

我非常清楚，对于他而言，类似我所从事的行当，是相当于电视报道一样的东西，诸如英国女王生了一对儿小老鼠啦，而且——我怀疑——如果不是我们共同度过的两年兵役，他会很纳闷儿，这些人怎样活着、干吗活着和为了什么活着，总之，世上怎么会有这样一些人。我想，他不是要反对什么，因为无须针对那在远离你的剪草机的地方繁殖的草，况且狼也不吃虫子。从另一方面讲，他了解我，不自觉地就会认为，我醉心的事情，那一定是有某种意义的——即便是最微不足道的，但要去琢磨这个意义——意味着犯下违背人的天性的罪孽。

我的伪学问给他留下了某种印象。他长时间地盯着书柜看，那里就像害了气鼓病的驴的肚子一样，塞满了各种开本的书籍。孩子们会用类似的眼神盯着玩具柜台或者糖果店的橱窗。

"你把它们全部都读过了？"他问。

"半数是肯定的。"我想了一下，回答说。

巴维尔来自高加索那边的什么地方。他父亲贪杯，动辄去格连吉克挣钱，后来也就这么死在一个什么度假村的咖啡馆后

---

① 巴斯弟盎（Sebastiano）是基督教圣徒。罗马皇帝戴克里先敌视基督信仰，下令射杀巴斯弟盎。——译者注

院里了。母亲勉力支撑家业,两年后死于从官方角度并不存在的疟疾;而哥哥,自从有一天从居住点,或者是站点——当地对一些不大的建筑聚集地惯用的称呼——消失后,过了四年才回来,带着一个文身、两道刻在下巴上的疤痕,还增添了对零下温度的无法忍受。有段时间,他在沿海一带晃荡,从阿德列尔到阿纳帕,然后再次消失了,时间长到巴维尔都不记得他的样子了。巴维尔从部队返回时,跟预期的一样,家里一个人也没有,连那条被邻居拿走的老狗,也在他回来之前一个月死掉了。于是他搬到图阿普谢,并开始在一家旅行者俱乐部工作,以瀑布和被读书人的刀戳得千疮百孔的古塚吸引两个首都的旅游团。时不时地,在他的生活中会出现一些体格强健、有着"皇家士兵"长相的男子,他们向他转达来自哥哥的少得可怜的问候和慷慨的金钱礼物,请求他带着游山、打猎,打猎通常是以醉酒后朝着空酒瓶射击而告终,或者拉着他一起去海滨饭店,他在那里坐着,听他们说些他不懂的闲话。然后他们就消失了,再出现一些新的,带来例行的好消息,被遗忘的哥哥就像某种不可见、但非常强大的神灵,从自己那最后的、位于中亚的监牢伸出荫庇,罩着自己最近的亲人那朴实的生存。

　　说来奇怪,当兵第一年身不由己的痛苦和第二年另一类的痛苦在我们两个人心里引发了对彼此的好感,因为我们所在的那地方,尽管感情极其真挚,但却吝于表达。

　　我们的眼前晃动着葡萄串、自制熏肠、高筒袜、堆成小山的面包,我们想象着,如何把这一切都吃下去,然后睡觉,再吃、睡、吃——一定要在炉子旁,就这样没完没了,直到祖国重新召唤我们去卧雪斩草,装扮自然,把它打扮成符合上级军官的世界观的样子,以及完成其他那些每个士兵都心知肚明的毫无意义的行动。

回到家,我很快就忘了这些艰难的教训,不再珍惜世间的简单快乐,一次次怀疑那些被一朝说出的伟大真理,然而巴维尔从未有过倾向于抽象思想的危险爱好。在他身上有一种坚强的自然力量,这种力量异于训练出来的肌肉那些骗人的隆起,它是习惯于用自己的愿望下命令的祖辈们留下的,他们每一个都坚定地知道,是谁生下了他,以及他自己又生下了谁。

也许,他想要成为像自己那些莫斯科的被保护者一样的人,那些人一成不变地随身带来意味深长的首都味道——光明和快乐的味道,也许,哥哥派来的人多多少少都养成了对于美丽的、耀眼的生活的品位,而主要的是,他们指出了通往这闪光——片刻为王的闪光——的道路。

现如今是他们——那些在往昔以令人陶醉的慷慨买下了出租车和马车运输的全部希望的人——沐浴在荣誉的光环中,坐着昂贵的汽车(这些汽车只在商船水手们的船员舱里的画片上见到过)沿着大索契的蜿蜒山路奔驰,四周围满了沉默的"带枪的人",并且有女人作陪,女人也是见所未见的——高挑的、苗条的,清楚自己价值的美女;不过,这价值嘛,正如其本来的情况以及巴维尔模模糊糊疑心的那样,总是有点虚高。从另一方面来说,这并非那些用父辈褪了色的防水衣和露出棉絮的破烂睡袍裹着肩膀,折腾着吉他和夜晚篝火的炭火块,唱着浪漫的讽刺歌词——讽刺的是没有读过的书和像倒错一般的友谊——祈求山神的姑娘们。

总之一句话,无论是那些姑娘还是这些姑娘,都让他心里产生一种不快,感觉自己处于生活的边缘。变革的风直扑他的面门,好像也没什么可回避的。

而也许,他决心出世,是在他挖出搭建在菲什特山①北坡的那顶帐篷的时候。这顶帐篷里还住着一位著名院校的女大学生。那时她经历了三级冻伤,从微睁的眼皮下看到的世界是绿色的、温暖的和亲切的,他被刺骨的寒风冻得发僵,每隔一步就会陷入没到大腿根的积雪里,把她拖到猎人的小屋里,那里有着原始的、救命的舒适。他时不时要用男人的大力去拍打那张美丽的、因濒死的极乐而变丑的脸。可能正是在这一天,他的心里第一次产生了要用自己的双眼看看生活的愿望,因为他往这个生活里拉转回了五十三公斤的肉、骨头和液体以及一颗九克重的灵魂,这颗灵魂已经像一架得到起飞命令的歼击机一样准备升天了。

而且,完全有可能,两个小时后,当他在一个用来当炉子的、从五个缝隙里往外冒烟的铁抽屉旁放松地吸烟,倾听外面直往屋里灌的风暴的声音时,他很清楚地想到,在那些处于生活的尖峰上和靠近生活底部的人们之间的差距,他原来总以为

---

① 西高加索最有名的山峰之一。——译者注

是不可逾越的，而且好像很神圣，实际上却几乎没什么分别，有时会变得根本没有任何差距。

简短截说，这就是我从巴沙嘴里知道的一切，确切地说，他给我讲的是按照另一种次序，以另一种语调和用另一些词语，而我在这里则把枝枝权权的对话归拢成一党制的随笔，并略去在我看来辱没文学的东西。

那是夏末，被炎热折磨得筋疲力尽的树落满了尘土，草无助地暗淡枯萎着，自然界的疲倦日积月累，人类的眼睛能够感受到它的这种疲倦。夜晚变得越来越凉了，清晨，霜给地表盖上了一层带刺儿的银子。莫斯科从来不会看起来没有人烟，但仍然像通常所说的，在这些天，它显得特别空旷。我当时无处可去，所以我很高兴见到这个老熟人。我们的会面变得越来越频繁，很快就发展到每天都见了。拉祖瓦耶夫完成他那些我暂时还不甚明白的事情的办事处，坐落于波良卡①，离我的房子隔四条胡同。徒步到他那儿去的话，甚至都无须考虑速度，胡乱走过几个窄窄的穿廊，它们都带有低矮的、被涂抹得不亚于新石器时代洞穴的拱门，总共也不过十五分钟左右的路程。

就像我已经说过的那样，巴维尔在城里是以自己那部豪华的、闪耀着镀镍的局部和饱满的深蓝色喷漆的汽车代步的。在图书出版业，这种颜色被尊为高贵的，这种说法不管怎么说，还是有一定道理的。

---

① 莫斯科地名，意为"林间草地"。——译者注

"咱们去我那儿吧，"巴维尔说，"看一看我的……"在说这些话的当口，那个名叫恰巴的司机颇有意味地冲我眨了下眼，还带点傻气地神秘一笑，就好像刚刚做了个幸福的、美妙的梦似的。

办事处占据了没有经过修缮的独院大楼的底层，而上面则聚居着先前的罪恶政权的一些了无生气的机构。巴沙有单独的入口，装饰着粗笨的现代铁艺和大理石台阶，台阶外面就是我们那被秋雨泡坏的不幸的国家。

这宝盒的内部超出最大胆的期望：四角插着简陋的塑料棕榈树，合成材料做的几个小沙发旁边以"立正"姿势摆放着几个闪闪发亮的痰盂——看来是以备有人突然想吐痰，窗户被淡绿色的纵向的百叶窗遮得严严实实，而空调机的含糊噪音和空无一人都加深了它和坟茔之间难以摆脱的相像之处。我们穿过无人的房间列厅，才来到了宽敞的前厅。桌子后面坐着一个真正的美女，正在用德语打电话。

"恕不提供亲密关系！"巴维尔突然大声说，他拍了我屁股一下，并把我推进了下一个门，而且动作迅速，致使我都没看清，这个暧昧的玩笑在漂亮的女秘书那儿留下了怎样的印象。

两幅巨大的、镶着光滑边框的方形画挂在桌子两边的墙上。我问了一下，他是花了多少钱买下的它们的。从价格上看，这是非常好的画作。不过它们什么也没有描绘。我还想了解点什么，但脑子里总在转悠他刚刚的反常行为，这让我分了神。

"毕竟这不是在兵营。"我说。

"怎么说呢。"他神秘莫测地回应道。

办公室里还有一道门——穿过它可以进到一个小间里。隔断将其一分为二：一半在靠近单扇的、窄得像枪眼似的窗户处放着一张铁的行军床和一个金属的、带黑色坐垫的办公椅，而另一半则作为洗漱间。这里唯一可算作奢侈品的是亮闪闪的抽水马桶、洗手池和透明塑料制成的淋浴间。

窗子朝向一个封闭的小院子，那儿以前曾经是些车库，窗子就抵在那些长大的杨树弯曲多节的膝部。

"你怎么不租一个像样的房子呢？或者不买一个呢？"打量着这有点古怪的内部装饰，我问道。

"不喜欢待在不同的地方。"巴沙咚的一声坐到床上，解释说。

"不明白……也许，是说生活。"

"生活不成。"不知为什么，他这样说道。

在宽宽的窗台上，一个电子闹钟在眨着绿色的数字，而床上方的墙上用大头针别着七年前的黑白照片：田野里站着一个士兵，他身后一个瘪了的降落伞拖曳在耕地冻结的土块上。我很熟悉这张照片，因为是我亲自用僵直的手指按动的"接班人"牌照相机的快门。我想到，再过一秒钟，一阵风猛地一掀降落伞的伞顶，把吊索从手上抽离，勒得冻僵了的手指一阵灼痛；而那个士兵开始在地上被伞顶拖着，就像骑马的人一只脚卡在马镫里那样。但这是一秒钟后发生的事，而眼下士兵还站立着，在竖起的毛皮领子形成的漏斗形领窝里，一个傻呵呵的幸福的笑容在灿烂着。

当我们走出办公室时，巴维尔介绍了我和他的女同事认识。

"阿拉。"姑娘跟在巴维尔后面像一个不快的回声一样重复说，并忧郁地笑了笑。她的唇形带着一种略受委屈的表情，泛着朴素的珍珠母色。

这个女秘书第一眼看上去给我的感觉就是一个花瓶，蓬勃发展的事业之至关重要的证明，实际却拥有毫不伪饰的可爱笑容和自然的举止做派。这里不培育扭捏作态和装腔作势，但也并不禁止褪色的卖弄风情。再加上后来弄清楚了，我们曾在相邻的学校里读过书，甚至我们找出了共同的熟人。

她的德语让我想到了一个迫切的问题。不久前在某个专著里我遇到一个有趣的引文。引语取自一本德语书，而我刚好不懂德语。

应该承认，我不是规则性很强的人，对礼仪也不甚了了，这种令人沮丧的状况和顽固的好奇心一道不止一次坏过我的事。我坚定地信赖的只有一条规则："我朋友的朋友就是我的朋友"，反过来也一样。这些简单的道理于我取代了殷勤，摆脱了不必要的思虑，提前成为应对生活的一切情形的简单而可靠的举荐信。

她的美安静而忧伤，因此也很高傲，这美令我如此震撼，以致我——本身是厚颜者的头号敌人——屈尊到了卑贱的程度：

"历史图书馆有一本书，是用德语写的……"

阿拉望着我，等着下文。说真的，我不知道，是什么驱使着我说：

"要是您能给我翻译一两页，那就太好了。"

巴维尔甚至冲我递了几个愉快和善解人意的眼神，可是阿拉连眉头都没动一下。

"把书给我吧，"她只是说，"我翻。"

"书嘛，在图书馆，"我高兴地说。

"那您就把它借来呀。"她不动气地建议说。

"可是问题在于，这本书不外借呀。它在那儿几乎是孤本。"我解释道。

"那您就复印一本。"

"也不允许复印。"

她想了一会儿。

"那您就学学德语吧。"

"没用的。"我叹息着回答说。我感觉到挫败并且已经开始脸红了，可她忽然同意了：

"您是认真的吗？"

"绝对的。"我痛苦地看了一眼拉祖瓦耶夫，含糊地保证说。

"那就该走了，"巴维尔插嘴道，"恰巴送你们。只是告诉他，之后马上回到这儿来。"

一路上恰巴都在冲我挤眉弄眼，好像灯塔冲着遇难的船只。

我们上楼来到稀有书籍部。一个半小时后她把一张写着译文的纸放到了我面前。我这时才注意到，她的手指上没有任何装饰物，而指甲像男人一样修剪得很短。

"'……这个民族很感伤，但是不善良……三个偶然事件成就了这种命运……'有意思。"我说，仔细地把纸页对折起来。

我们走出图书馆已是傍晚时分。街上还很热闹，但高峰期的主流人群已经沿着地铁的各色血脉消散了。我手里还攥着那张写着译文的纸，在想着这些得罪人的话放到我论文的哪一页合适。

"您这是在做什么呢？"阿拉问道，冲着那页纸点了一下头。

"想弄清楚东斯拉夫人的国家是如何形成的。"

"那我们又是谁呢？"

那个秋天，我在类似的转瞬即逝的问题中看出了不能容忍的无忧无虑，于是在心灵深处愤愤不平于对宇宙之谜的普遍冷漠。

"最好别问。"我回避道，但这不是玩笑。事实上，谁又能答上来这样的问题呢？

"够深奥的。"她说。

我不得不再次摆了摆手。

"你明白吗，一些问题引出新的问题，一些论断要求另外一些论断。"

"书虫。"阿拉说道。

"这不是虫，"我回答说，"这是蛇。您知道，就像童话里的——砍下一个脑袋，在原处又长出两个新的。并且这整个简单的结构一直延伸到无限，而我们却做出一副认识了什么东西的样子。任何人什么都不了解。"我以一种令人不解的方式发了很大的火，眼神阴沉地环顾着周遭。

我只是这时才发现，夏天已经结束了。连雨天的头一轮发作过去了，雨积聚着力量，暂时让位给凉爽的太阳，阳光沉寂地洒在安静的街道上、从八月难耐的酷暑下冷却下来的屋顶上。天空失去了深度，树木被冷冷的秋天的火焰所占领。槭树最先着的火，它们掉落的叶子就像火星子，在空中摇摇晃晃，打着旋儿地飞向大地。柏油路的凹陷处积水在闪亮，树叶和倒影淹没其中。

我们在地铁旁的咖啡馆里干了杯矿泉水作别。

"您是他的好朋友？"阿拉问，她指的是巴维尔。

"也许，有更近的。"我笑了笑。

"有这样一些男人存在，就值得做女人。"她说，但这话说的没有任何意味。在漂亮又聪明的女人嘴里说出的一切其他的恭维话都失去了魅力。"他还会幻想。"她补充说，还富有表情地叹了口气。

"我倒没发觉。"我笑道。

"而我，"她闷闷不乐地说，有点孩子气地把头歪向一侧，"已经倦于幻想了。我再也不能了。"看似不加修饰的头发围着她的脸。被刘海盖住的一条纵向的、暴露年龄的皱纹贯穿了她又高又直的额头，在接近额角处才舒展开。阿拉有微微眯起盛满忧伤的双眼的习惯；眯眼好像使眼睛快活了些，把忧伤变成了逗乐，眼睛变得狡黠起来。"咱们互称'你'吧。"她建议说。

"好啊，"我说，"那您，我是说你……"说错了，我就没法把话头接下去说完了。

"我，"她坚定而又快活地说，并直视着我的眼睛，"我是你心灵的镜子，你使劲往我这儿看看……"

"那可不能因此耽搁了，"我狎昵地申明，"如此高雅诗意的崇拜者是怎么和粗鲁的商人结交的呢？"

"很简单，"阿拉回应道，"我有过一个闺蜜。干吗是有过啊，她现在也是。只不过不住在这里。嫁了人就走了。他们住在肯尼亚，丈夫在那儿工作。房子就在大洋岸边。她丈夫很搞笑的，你能想象吗，他收集军帽：各种大檐帽、头盔，这些……叫什么来着？"

"钢盔吗？"我推测说。

"钢盔。"她的眼睛定住了，眼神就像从一面看不见的镜子中那样从空中反射过来又返回去。有几秒钟时间她坐着一言不发，仿佛在试图把别人的命运往自己身上比量，以便决定，她是否想在单调的波涛永无休止地涌过来的大洋岸边、和一个收集军帽的人一起生活。

"那后来呢？"我小心地提醒。

"哦……总的说来，是她介绍我和巴弗利克认识的。他们那时刚开张——需要一个人手。而我正好没钱。挺偶然的，就这样了。"

闺蜜就是那个自讨苦吃地爱上山上的自然风光的女大学生，巴维尔出于工作职责，就像在和那首不会过时的歌曲的歌词唱反调一样，给她安排了额外的生日。巴维尔到了莫斯科，第一件事就是拜访她的父母，想着他会得到很好的接待，他的上流社会生活就此开始，以此来安慰自己。

我继续自己的探询：

"那早先做什么呢？"

"在巴黎跟一个古董商混。"

"俩人在一起？"我假装惊骇到了。

"他是个又肥又贪婪的人，这一点他也知道。"她讥笑地看了我一眼。"我给他当翻译。"

黑夜变得很冷，空气快速凉下来，而且好像变浓稠了。天空将街上的电光吸取了去，于是在它的下层透出刺眼的红。我们下到人行道上朝车站走去。

告别时她有点歉意地笑了一下，好像在对让我一个人孤单地回家抱歉似的。

第二天一整天我都是在书桌前度过的，给刚到手的猎物找地方。晚上巴维尔出现了，让我摆脱了这项活计。

历史学家的工作让人想起侦查员的工作——特别重要的案件的侦查员。在寂静中找出地球上过去忍受住了、现在在忍受着、将来还要忍受的集体犯罪、政府密谋、单个的人徒然乱窜和人民大众陷入迷误之头绪的侦查员。还有一个证据，还有一条罪状——全都要附入案卷。

"什么是科学和文艺事业资助人？"巴维尔在门口问。

"一般说来，这不是什么，而是谁。这是一个古罗马的人，他对艺术提供庇护。"

"类似于赞助商？"

"类似于赞助商，"我回答，"你问这个干吗？"

"嗯……"他满足地一笑："这儿的人这么叫我。"

"是吗！谁呀？"我甚至出于惊奇追问起来。

"我帮了一个画廊的忙，你明白吧。听着，有这么一件事。简单地说，有个客户。你能给他讲清楚那儿——意思是说书里——都写了什么吗？作家是谁，生活在什么时代，写的是什么人？三言两语。这事能做吧？"

"作者想要通过自己的作品说什么。"我抑制住哈欠，补充说。

"正是。"巴维尔用赞赏的语调回答说，显然我正确地猜到了"客户"的要求。

"那他是个什么人，干什么的呀？"我打听道。

巴维尔低着头在房间里走了一会儿，看了一眼窗子，冒冒失失地拉开了窗帘，灰尘就像雪从冬天的云杉上那样洒落下来，一只珍珠母色的蛾子飞了起来。

"就是我，"他不好意思地笑着说，这笑容同时又是幸福的，因为在给了别人惊喜之前也让自己很受用，"我。"

"你要知道这个做什么呀？"

"需要，"他简短地说，"我需要。一张白纸①。"他出乎意料地以小卡托②般的优雅说道。

"你怎么说的？"我不解地再次问道。

他重复了一遍。

"这是谁教给你的这些词？"

巴沙在衣兜里掏了一阵，递给我一张脏兮兮、折痕处都磨破了的纸，纸上画着这一古老名言的注音。

"不然我就像头山羊，"巴维尔勇敢地承认，"毕竟这是莫斯科，而且一般说来……"

"得了。傻话。"我从书架上抽出几本厚厚的书。"给，"我说，用手掌在书的硬封面上拍了一下，"《战争与和平》……"我问询地看了看他。

"听说过。"他点了点头，但没接书。

"你怎么，不会读吗？"我生气了。

"好像会吧，"他有些不是很自信地说，"但我读不了。我甚至连报纸都不读。只有账本——还凑合。"

---

① 原文为拉丁文tabula rasa的音译。——译者注
② Cato Minor，是罗马共和国末期的政治家和演说家，以演讲和修辞学技能著称。——译者注

我思索了一会儿。如果不算烦死人的毕业论文，我完全无事可做。在这里我得承认，喜欢无所事事至今是我性格的突出特点，那时我更是加倍享受着自由，所以我是随时准备好提供任何服务的。无可争议，我沼泽的平静对我而言，几乎就像对于青蛙们一样，是非常珍贵的，但是有个念头更经常地拜访我，那就是：生活——幻觉里面爱耍滑头的家伙，它从我脏兮兮的窗外悄悄走过，而青春就连蹦带跳跟着它跑。我并非开玩笑地开始害怕永远长眠在吝啬地载入勉强保留下来的史册里的、并未得到很好阐明的喀迈拉们[1]和半神话人物们的社会里。

"最后一次。"女骗子[2]用秋风的沙沙声、被判决的树叶的簌簌声悄声说。对面的房子里燃起了灯光。落日的光在远处的天际、丁香色的云影下渐渐消失。

"好吧，"我说，"我帮你。尽管我不明白，你干吗需要这个。"

他走后，我在黑暗中坐了很长时间，时而喝一口冷掉的茶，回想另一些夜晚——盖茹纳依村[3]外的黑色的云杉树，宽阔的铺着混凝土的林间通道，以及在通道上升空的、犹如五月的甲虫般轰鸣着的飞机尾部。

拉祖瓦耶夫断然拒绝了在我的住处或其他什么地方学习，却没有提出任何严肃的反对理由。不过，这种任性正合我

---

[1] 喀迈拉：狮头狮颈羊身蛇尾的喷火妖怪。——译者注
[2] 这里指生活。——译者注
[3] 立陶宛的一个铁路沿线上的村庄。——译者注

意——我早先就发觉了,在运动的时候能更好地思考。

每天,不过是在不同的时间,巴维尔来接我,之后我们下楼到他那辆巨型的、变成了我们的教室的汽车那儿去。恰巴是一个和我们年纪差不多的、有着大力士体格的好心肠小伙子,酷爱那种近期在我国打破所有时尚记录的着装风格,这种风格通常被称之为运动风格。恰巴把车从狭窄的胡同里开上花园环路起伏的胸膛,我们就连续两个小时地兜圈子或者在发动机轻微的、丝绸般柔和的声响里陷入堵车中。

"咱们从哪儿开始呢?"我问,感觉自己是个真正的传教士。

"你更清楚哇,"巴维尔有道理地回答说,"一开始你就讲讲,一般来说,为什么需要这一切吧,就是艺术啊,什么的,这一类的。"

"很简单,"我很流畅地开始了,"一部分人需要它们是为了摆脱寂寞,另一部分人呢,是模仿第一部分人,而第三种人……那么你需要它们也是为了点什么吧?"

"当然需要,"巴维尔同意道,"但我不知道为什么。"

"一般认为,艺术改变世界,并使人变得更善良和更配得上自己的理性,"我慢条斯理一字一顿地说,而想了想,又补充道,"除此之外,有时候这也能赚到不少钱。"

"不少钱是多少呢?"他精明地抓住话头。

"各不相同,"我对这个问题感到惊讶,"取决于时间和地点。"

我暂时没有说出具体的和了不起的数目，因为我无法真的使一个不能按正确顺序说出母语字母的人深入理解语言的智慧。

"对了，"我在开场白中回想起，"还有一点……艺术负有使人的构造与造物主的意图相符合的使命。"

"造物主？这又是谁呀？"拉祖瓦耶夫天真地感兴趣道，"神，还是什么？"

"这是神，是神。"恰巴忍不住说，甚至还懊恼地摇了摇他那头发剃得很短的头。

"你闭嘴。"巴维尔说，并用疑问的目光看着我。

"就是如此，"我朝恰巴点了下头，肯定地说，"他说的对。只是谁也不是很清楚，这意图是什么。"

"噢，这个嘛很清楚啊，"巴维尔惊奇道，"就在于让一切都好呗。"

"这还用问吗？一切，"他果断地解释说，"简单地说，就是让天别掉下来。"

"好了，"我拿定主意，"见你的鬼吧，我公开个秘密：艺术——这就像一面镜子。人类喜欢照镜子。俗话说，数自己的皱纹。映像本身什么也不能做。"我叹息着补充说。

"恰巴，你明白什么了吗？"巴维尔问。

"有啥不明白的，"恰巴回答道，一边把车猛地塞进两辆樱桃红色的拉达五型汽车之间，它们的车顶上依照某种权力粘着蓝色的警笛罩，"我脑子多快呀。"

我朋友在衣着上表现出惊人的讲究和远胜我的花样翻新。西装和领带，或者换种说法叫"一拉得"，换来换去的，就像在T台上一样，但有一身衣服最合他的意。它是一件黑色的拉绒西服上衣和一件也是黑色的紧身高领套头薄毛线衣，像债主一样勒着咽部并且恰似西班牙公主的衣领一样抵住下巴，要是巴维尔的脸窄一点，而头发深一点的话，他简直就像伟大的西班牙人油画上的阿尔瓦公爵。薄毛衣外面挂着一条短银链，活脱就是卡拉特拉瓦[①]勋章的奖章。这样的穿着明显令他觉得更自由，连我们的交谈在这些天也持续的比平日要久一点，表现出鲜活的特点并获得意想不到的方向。

不能说恰巴是一个对我们的俗文学不感兴趣的人。有时候，我从后视镜里发现，他那双快活的、有一块小黄斑的灰眼睛瞬间从道路上移开，还有那令他看起来很自信的一抹笑意，他对乖戾的愚蠢行为表现出的兴趣远比你第一眼看见他时以为的要大。值得注意的是，他仿佛有意在寻找与我视线相交的机会，召唤我作见证或者邀我分享有趣的观察。不管怎么说吧，我产生了一种感觉：他对于自己的雇主知道些我不知道或者在分别的七年里忘记了的事情。

看起来，恰巴不仅仅是一个司机，恰巴还是一个朋友，因此，有一次，当我给蓝色汽车的乘客介绍一位外交官对于幸福、愚蠢和爱情的比例问题的见解时，恰巴令我惊奇地谴责了

[①] 圣地亚哥·卡拉特拉瓦（Santiago Calatrava，1951年出生）西班牙建筑师和雕塑家，是世界上最著名的创新建筑师之一。——译者注

索菲亚的冷酷。

"就是条母狗，"他阴沉地说，"吃卖淫饭的。"他找四下可以啐吐沫的地方，然后按下了车窗的按钮，把证明他的愤怒的潮湿的证据放出了车窗外。

一开始，这类注解令我抓狂，但我毕竟不是言之凿凿的教授，因此很快就习惯了，几乎不再关注这些评论了。

"我说，总的说来，你除了《玛莎和熊》还读过什么书没有？"

"读过，"巴维尔不慌不忙地回答，他曲起小拇指①，"海关手册——这是一本，刑法——两本……"

"新的。"恰巴傻笑着补充说。

再往下我没提任何问题了，只做我能做的。

我们进展很快，过了一个多月，已经推进到《死魂灵》了。到了这儿，巴维尔听得格外认真，恰巴听得更认真。他们俩严肃得就像研究生在受工农政权迫害的天才的课堂上一样。

唯一妨碍我叙述自己对经典名著的解读的就是没完没了的电话铃声，它们不断死乞白赖地闯进我们狭窄的世界，我就想，假如这些电话铃声是通往成功的钥匙和成功必不可少的标志物的话，那么我好像永远都无法发家致富。有时候它们长时间堵住我的嘴，简直就是把我们赶出了圈外——那时就需要到某个地方去，于是我们就赶路，七拐八拐，在市中心的拆迁处

---

① 俄罗斯人数数时的手势是从小拇指数起。——译者注

打转转，或者和其他急于赶路的交通参与者你追我赶地向郊区疾驰。

乞乞科夫让他们喜爱，他做的事和他在自己不安定的生活中想要的东西在本质上能被他们所理解。

"我有一个朋友，"巴维尔有一次说，"他在东西伯利亚就这样买下了破产的银行。赚了不少呢，"他长时间沉思后补充道，"他后来怎么样了，这个乞乞科夫？"

"谁知道呢？"我叹了口气。

"而我朋友被砰地干掉了，"巴维尔若有所思地说，"他从家出来，直接在汽车边上被射杀了。他在地上爬来着，还是被弄死了。打了七个洞……"

"艺术是虚构的。"每一次在类似的表述之后我都会强调，但是在蓝色的德国造汽车里，人们并不很相信我的话。

渐渐地我们改成了夜晚工作制。入夜我们的车轮转起来没有任何干扰，可以无忧无虑地打量这座城市，黑暗和空旷洗去了它虚荣的伪装和繁华的妆容。于是它就像一个泡过了澡要去就寝的老态龙钟的妇人。没有了每日遮住这裸体的人流，于是垃圾、寒碜的橱窗、光秃凋零的树木——被挤到道边的这冷酷的城市的继子继女、脏兮兮的墙面上的一束束裂纹、建筑物基脚处剥落的灰浆和肮脏的窗户，都变得显而易见了。

大大的广告牌被灯光从下面照射得通亮，广告模特用艳丽到不行的嘴唇微笑着，他们在夜间失去了自己对千百万沉入梦乡的人们的掌控，徒劳地用诚实的、执着的眼睛盯着空无一人的街道，因此他们那无助的笑容更加令人疑惑不解。

巴维尔取得成功，确切一点，像他自己说的那样，发家致富是机缘巧合，就像那时候很多人身上都发生过的那样。不少同胞简直是一夜之间就发现自己成了富人，而且惊诧于这是多么轻而易举的事情。

他的罪犯哥哥大多数时间是在家乡岸边的黑海港口度过的，他在那儿接从土耳其开过来的载着药品集装箱的货船，而巴维尔则把它们卖到首都和其他的居民点，只要那里还讲俄语就行。我不经意间听说，这位亲戚手里有止痛药品的供应合同，这些药品是给紧急情况部的。合同有利可图——能使天生的懒虫发大财。

巴维尔屈从于家族利益的坚决要求，来到了莫斯科。他很快就熟悉了环境，明智地把惊奇和欣喜搁置到以后。总的说来，他是喜欢莫斯科的。就天性而言，他是个精力充沛的人，在他眼里没有他解决不了的问题。莫斯科善于把并不那么乐于此道的天性迷惑于运动和希冀的漩涡里。

从另一个方面来说，南部黑海沿岸和首都有几分相像——那里总能感觉到一种过于浓厚的自由气息，若不是自由的气息，至少是预感自由的气息，而且原始的精明强干的精神状态好像在葡萄藤里都存在着，南方居民家家都把水泥院子遮在葡萄藤的阴影里。

每年夏天，沿岸一带遍布前来度假的人们，他们随之带来了北方的高远智性追求与低俗的猎艳之心相一致的、骚动不安的、不健康的特征，而大海，不动声色地用体量巨大的波涛翻动着岩屑，引人遐想，让人明白，什么是遥远的诱人的国度。但休假的人走了：风尘仆仆的火车把他们带往北方，飞机在天上留下模糊的、在眼前渐渐消融的痕迹，而巴维尔则留在原地，他所能做的只是猜测，回到家后，他们和哪些神灵进行了交谈，这些住在邻家的神灵又向他们托付了怎样的秘密。

除我之外，他在莫斯科已经有了其他熟人。我见过其中的某个人。一个戴着价值二万七千美元或者差不多这么多钱的手表的人。

"这表有什么特殊之处吗？"我感兴趣道。

"戴在手上很方便，你根本感觉不到它，"他信任地说，甚至露出手腕，以便我能看清这昂贵的自尊，"看到了吧？"

"好像是的。"我忍着呃逆，强挤出一句。

他穿着也和巴维尔一样，仿佛已经在文艺复兴时代活过一回了。他的鼻子是歪的，而且中间肥厚，好像在浮肿的脸上绕个弯儿，绕过某个看不见的障碍似的。他的西服上衣在腹部扣不上，而他那短短的手指背面成了某种棕红色打卷儿的苔藓的生长地。

"他做豌豆生意。"就剩我们俩时，巴维尔笑着说。

因巴维尔的关系，那个冬天我去了不少我独自绝不会去的地方，也见了许多在其他场合我不会特别关注的人。不过，很有可能，这些人也是和我一样的评价。

他的另一个朋友是一个无忧无虑、游手好闲的人。他在位于特鲁布纳亚广场区的某处地下室里的下注点玩赛马。他有些胖，长着一张像姑娘一样，也可能是像太监一样柔和的脸庞，只是下巴上稀疏的斑点和隐隐透出的青色泄露了天机。他做的事多半是毫无用处的。有一回我清楚地听到，他对某个微睁着沉重的眼皮、眼神黯淡倦怠的小伙子这么说：

"我会变卖祖产。我应得的那份儿是五万……够半年用的，再往后就上绞架。"他叹了口气，疑心重重地闻了闻双手的手指，然后同样疑心重重地看了看摆在他面前的啤酒杯和一袋开了封的薯片。

但主要不是讲他们——这些关系是完全无私的。

巴维尔力图接近任何深度的文化矿藏层面。遥远的首都早就博得了他的敬重——它在他看来就是一片隐秘的绿洲。不知怎的，首先他自己都不明白，他怎么就动辄发觉自己结识了优秀的莫斯科人，以及那些已经准备把自己不那么上口的出生地从护照和记忆里删除的人们。他们从哪儿来，他是在哪儿和如何与他们结交的，他常常对我解释不清：就是出现在身边而已；也有些人是自己找上他的。他们尊称他的名字和父称，并且让他知道，也许哪一天就开始加上他祖父和曾祖的名字了——为了更加郑重其事。这些人代表着全部艺术门类的各种创作探求的方法和方向，但是他们的目的是一致的。几乎他们所有人都是每天缠着他，绝对不懈地滥用过载得要死的电话线和阿拉的耐心，其实这耐心是非常有限的。

他们利用他的坦诚、众所周知的单纯和无知，试图在他的心里唤起对祖国文化命运的同情并为此慷慨解囊。甚至他那与他们模糊不清的理想人物毫无共同之处的外表，都没令他们难为情，还有他做的那种事情，认真想想的话，轻易地就能让过分地被过去的道德观的所累的人感到精疲力竭。

喜欢用自己的钱为自己的享受买单，而不是把事情弄到毫无出路的死胡同的能力，只有为数不多的人才拥有，而正是对于他们，人类才世代相传着感恩回忆，不惜时间地研究他们的生活经历。

他给予他们关注，这完全不是奇怪的事情：这一切都是他喜欢的。他们的阿谀奉承常常编排得既拙劣又不负责任，却使他的自尊心得到了安慰，并且邀他用别人的眼睛看待自己——一种披着自欺自慰薄纱的眼光。

应该说他们值得称赞，不管是人前还是人后，他们都不允许自己笑话他，尽管笑话的理由当然足够多，而且他们的思想也没有放下过怀疑。尽管他的行当以及生活方式本身不能为他们所理解，他们对待他并不带情绪，像是对待不可避免的祸，诸如需要躲避的倾盆大雨，有时放个容器收集点淡水也还不错。他对于他们而言，有点儿类似于汽车行驶监督官或者海关官员。差不多我们全都认为自己比上述先生们高明，但是只有极少数人敢于与他们发生口角。

然而，巴维尔在分配救济时，想要自主判断，公道行事。多半是因此他才要诉诸教育，一点儿也不抱怨命运在很久很久以前把这样平常的机会给他推开了。

如果在"马雅可夫斯基站"从地铁出来，走过柴可夫斯基音乐厅幽暗的柱廊，沿着花园环路的人行道向下走，左转并绕过几个垃圾箱，便刚好就会走到我有一次受巴沙不由分说的古怪欲望驱使而违背自己的愿望偶然撞到的地方，当时是晚上八点钟，初秋时节。巴维尔早上给我打电话说，他准备去看一个展览。他本人在七点半出现在我家，穿得简直可以说是引人注目。

"来，"他操心地说，"让我看看你……不行，这样不合适。你有西服吗？"

我回答说，我没有西服，但是，为了让自己看起来更庄重，我准备换上一条中规中矩的裤子。巴维尔吹毛求疵地打量了一番我的行头：下身还称他的心，但我的上衣却无论如何与他对体面人的衣着想象不对盘。他期待着能有奇迹，把一张担忧的脸伸进了衣橱气闷的黑暗里，那里堆满了书和因时间长而皱成一团的橙子皮，代替出门做客穿的衣服。

"迟到不好。"当滞留过久的汽车驶上了花园环路时，他说。

五分钟后，恰巴在第一家卖服装的商店旁刹住车。巴沙冲进里面，给我套上一件西服，拽到镜子跟前，摆布着，哼哼哈哈一阵，扯掉了标签，从衣架上抓过看到的第一条领带，从货架上捞了一件白衬衫，付了款，在整日闲的无聊的售货员迷迷糊糊的目送下冲到了街上。自己的装扮我是在车里完成的。五分钟后我按应有的样子装备好了自己，准备好经受最严厉的经典西装评价师的审视。

可是我们还是没赶上开始。首先我看到了一些人，他们站在地下室入口处的阴影里，地下室歪歪斜斜的，让人想起俄式炉子那勇士般的炉门。每个人的手里都握着一个一次性的塑料杯子。在门洞里凝滞不动的光亮中，蒸汽在升腾。我们顺着坑洼不平的台阶下去。小走廊呈几何状蜿蜒曲折，里面不时地飘出大麻的味道，一个面积约有五十平米、没有窗户但灯火通明的房间出现在我们面前。入口对面的墙上，在侧面的射灯光线中，挂着参观的对象——一块胶合板，上面一段新锯下来的白蜡树树枝被穿进四个胶带做成的圆环里。并排是装在整洁的框里的激光打印的"moralit 6 e"。

充满了灰色的香烟烟雾的屋子里，挤满了男人和女人，主要是年轻人。他们所有的人也都从白色的塑料杯子里喝着深红色的液体，而每喝完一口，液体那血色的水滴就留在带棱儿的杯子上，杯缘的凹槽里。我们在人群里因自己的西服领带而显得鹤立鸡群，因为除了我们，没有任何人身上看得出任何的郑重其事。相反，一切都暗示着，我们是到了一个，这么说吧，穿化妆跳舞服装的展览上。

这里由季申斯基市场追捧的时尚统治着，当东西被仿制得惟妙惟肖时，你无论如何也弄不清，这是可怕的过时货，还是某个巴黎成衣店的骄傲和经年的劳动成果。男人们讲究地佩戴着围巾和耳环，而姑娘们则面色疲惫，优雅动人地穿着黑色短呢衣，让人想起革命年代的水兵服。姑娘和小伙子们一律脚踩笨重的登山鞋，它们的存在好像在暗示着，它们的拥有者时不时地要从病怏怏的城市中钻出，去征服山巅，尽管这并非如此。

巴维尔礼貌地、甚至像老朋友一样地和其中的几个人打着招呼，挤过人群直奔作品。走近后，他长时间站在那里看着那砍下来的树枝。我读着说明：

"我的道路——独自穿透。

而尤会怎么说？"

"你觉得怎么样？"终于，他忧虑地问道。

作为回答，我用头、手甚至整个身体做出了一个模棱两可的动作，算是表现我惊叹的程度。

同时，房间里挤满了一拨又一拨名不见经传的大师崇拜者。进来的人匆匆看两眼活像刚建好的路德宗教堂装饰物的展品，在热闹的寒暄之后就加入到小范围的谈话去了。其实，这就是个教堂。

只有一个年轻人，刚一出现，立即就过去研究起展品来了，认真地看了看墙壁，带着不知所措的人那种歉意的笑容，环顾周围寻找支持：是把一切都当成是玩笑呢，还是皱起眉头，一会儿走开一点儿，一会儿又靠近前去，不断地变换视角的长时间欣赏更适合。如果不算我，他是唯一的观众。我报之以神秘的微笑，于是他也坦诚地一笑，如释重负，乐于承认自己是傻瓜。然后他找到几个自己的熟人，就高兴地与他们闲聊起来，只不过时不时会悄悄地用眼睛寻找着展品并有些惊慌地望向它。

朝我们跻身过来一个高个子、秃顶、灰白胡子的人，穿着一条饱经沧桑的牛仔裤和那么一件开衫。

"这是我朋友，失去希望……"拉祖瓦耶夫试图向我介绍道。

"活到一百岁。"我赶紧接上话茬儿，因为这一老掉牙的介绍方式一开头就是极其无聊。也许他是从某个电影里听来的。

"哦，这样的希望我们都曾经有过。"胡子的主人说着，猛咳起来。"尤拉。"他补充道，在原地来回转一阵，在空荡荡的墙壁上扫视一番，好像想要问问有什么评价，但却不好意思。

"这件艺术品里包含着许多复杂的哲理。"我含糊地说。

他看了我一眼，神情就像高级僧正看旧礼仪派教徒那样——专注而警觉，尽力掂量着我话里的嘲讽程度，但却很有上流社会风度地宽容一笑。

巴沙大概很纠结。明显看得出，他替我感到害臊。尤拉依旧不自然地笑着。

"要酒吗？"他突然想起问。

随即我们的手里就出现了塑料杯。

"摩尔多瓦的，"尤拉从面部肌肉的轻微动作中读出了问题，连忙说，"科德鲁牌。"

尤拉很快就丢下了我们。我们西装革履地戳在大厅中央，

自学成才的人们

好像自己都变成这个奇怪的展览上的展品了——无人问津的展品，并且令人想起在儿童节上那些著名机构的工作人员。时不时地，兴奋的喧嚣声就会爆发一阵大笑，那些平方米因可疑的香气而窒息，而空虚穿透光秃秃的墙壁散发出去，仿佛粉刷它们的油漆匠们的血、汗和眼泪。

然而艺术就是艺术，而生活则按部就班地摇摇晃晃往前走。我想说，第一杯之后紧跟着就是第二杯，接着是第三杯，一直往下数。准确地说，杯子就是一个——一直是那个塑料的。不知怎么我就加入到了与人们的交谈中，从一开始我就觉得他们知识渊博。

"格拉伯[①]不该写这篇文章，"他们对我说，"您知道格拉伯吧？不能写你不了解的东西！不可以。"

格拉伯我不知道，他的文章也没读过，但是我力求回答得滴水不漏，不至于万一有什么情况会被误认为是骗子。

一个我不认识的交谈者认真地激动起来，挥舞着一期"报纸"。我对他正直的愤慨火上浇油，并和他一道无情地批判起我并不知情的格拉伯的过失来。

这时入口处聚集了一堆人——好像两股浪潮会合并碰撞在一起，溅起了千百滴水珠。

"啊哈，"一个胖子高兴地大声说，"等一下。"他朝聚集的人群挤过去。

[①] 德国剧作家（1801—1836）。——译者注

我向他指的地方看过去，便见一个四十岁上下，穿着粗糙的灰色套头衫的人，衣服挂在消瘦的肩上，像耷拉下来的帆。在套头衫的肘部缝着块圆形的皮子。他的脸色不健康，眼周围着黑眼圈。眼睛完全不动，眼神表达出某种孤僻的倦意。在他和胖子说话时，他们看向旁边的某处，沉浸在自己的世界里，和其他的一切全不相干。

"这是谁呀？"等胖子又回到近前，我问道。

"这是个天才。"他的眼神里出现一种因感动产生的温柔亲切的感情，胖人很容易现出这种神情。

就在这一刻天才已经走过来了，近在咫尺，我很清楚地看到了他凝滞不动的眼睛。

"虚构的艺术——这已经不是艺术了。"我的新相识指出。

一份例行的红酒安抚了我的不耐。从这时起我看展品的目光开始带点赏识了，但还敢于评判：

"怎么看这个。要知道，这也是需要琢磨出来的：把树枝锯下来，买透明胶带。那尤拉对此怎么说呢？"我说完，心虚地看看天才，他的一只僵硬的手被一个中年妇女毫不怜惜地摇着、攥着，已经有一分钟之久了。这位大婶灰白的头发在脑后梳成发髻，一个牛仔布做的钱包安放在前胸。

胖子摇晃着杯子里剩下的酒，琢磨了一会儿我的话，然后问：

"您是谁呀？"

"什么意思？暂时谁也不是。笼统地说，是个大学生。"

胖子带着未卜先知的神情摇了摇头。他掸掉自己破旧的背心上洒上的黑色酒滴，再说话时已经平静了不少：

"社会学害人呀，害人。"

这时天才走得更近了，我清楚地看到，他每走一步有多么痛苦。很明显，他听到了我的话，因为他转过头并用冷冰冰的眼睛看了看我。那眼睛如此凝滞不动，以至于根本不能弄清楚眼神中隐藏的表情。

"您怎么，真的在寻找意义吗？"胖子以和为贵地问道。

"恐怕是这样吧。"我回答。

"这都是社会学，"他再次说，"真难以设想。"

我觉得，他马上就要哭起来了——他这话说得如此诚挚，让我感到，我因社会学而病入膏肓了。

"顺便说一句，就连格拉伯……"

我的头难过地开始摇晃，仿佛要让他明白，我非常赞同他对人类的不信任，至少是对人类的某些代表的不信任。我还试图捍卫原则，但是眼见群情激昂，就作罢了，而且不时地吸一口气泡酒后，便对一切事情都完全同意了。我觉得空荡的墙壁已经饱含着充满激情的、自古就有的意义。"原来如此。"我想，"没有任何多余的东西——神圣的简洁"，而那放在一块纸板上的树枝，我把它与英勇的造物主那令人惊叹的意志结合在了一起。我甚至觉得，在一瞬间我也看出了意义——也是自古就有的。它对于我变成了形象、象征、符号。我的交谈者觉察到了我的脆弱，就低声吼道：

"词语的文化正在死去，视觉的正在降临。"

"难道不是这样吗？"我体贴地同意说。

"往后谁都不会阅读任何东西了。字母正在变成脱落的表皮。"

"当然了，"我激动地回答，"您往最根部看看。"

周围人声鼎沸。在嘈杂的人声中我分辨出自己的声音："情节已死，故事已烂——一切都完蛋了。不过，道路也通向那里。"

白墙还是白色的，并且闪着油彩的光泽，光亮耀眼，但之后，墙壁流动起来，并且向一边歪斜下去。然后巴沙不见了，于是我明白，灾难不远了。再往后就不是电影了，而是真正的断片儿了。生动的画面一幅接一幅，按照未经承认的艺术的顺序……

我还记得绝对陌生的屋子那高高的天花板，我的醉眼根本无法抵达那里，天花板上满是黄黄绿绿的水迹和鼓起脱落的白灰墙皮。我被介绍给一些人，他们像法官一样端坐在一张很大的、没有铺桌布的餐桌旁——可是，我可以发誓，没有人对我是谁感兴趣。墙边放着一个橡木雕花的餐柜——我觉得，如果谁从桌旁出来时不小心碰到它的话，那些藏在柜门后的餐具便会轰隆作响，像解剖室里的骨头架子一样，摇摇晃晃、哆哆嗦嗦，眼看着就会砸到我的头上来。

我的对面坐着一些不动声色、不言不语的年轻人，他们时不时凑近杯子，很有节制地、文雅地呷口酒。如果上个世纪那些很喜欢贬低其他所有人的英国人还活在世上的话，那就是他们了。他们的沉着镇定和清高的自尊表现出一种平息交际疯狂的能力。其实，他们是剧作家，而那个心情愉快，总爱哈哈大笑的女人，是某广播节目的主持人。

"我们在哪儿？"我每隔三分钟就问一次。

"我们在罗日杰斯特温斯基林荫道，"一个不认识的女人耐心地解释说，"在我家做客。"

一些什么人来来去去的，还有一个小孩儿，晃过一个穿着长袍子的女人——她完全与此无关，香槟酒的瓶塞砰地响了一声，但我有没有喝那香槟，这一点我可就完全不敢说了，正如许多年前看不起英国人的人们说的那样。

"巴沙在哪儿？"我絮叨自己那个无人能解的问题。

剧作家们带着责备意味地看着我。

"哪儿还有个什么巴沙呀？"广播节目主持人惊奇道，她在往杯子里续酒，眼睛却并不看着杯子。

"怎么这样呢！"我激动地叫道，一边喝着酒。"我还一直以为我痛恨威士忌呢！"

广播节目主持人哈哈大笑起来，把糟糕得难以言喻的饮料都弄洒到桌子上了。剧作家们一直沉默着，只是在释放烟雾。然后他们不知去哪儿了……

我和广播节目主持人坐在湿椅子上，身边是那些赫赫有名的塑料杯子，它们总是掉落，直到伏特加、雨水和腐烂树叶的混合体最终把它们挤到一棵湿滑的树那里为止。她不知为何哭了，并且不住地反复说："布努艾尔——无菌镜头（这里的标点当然是假设的）。"而我说："被逐的精灵。"——并试图要么说出某种已然不记得是对谁的积年怨恨，要么把她变成某场残酷的、原则性辩论的同盟军。而且我觉得，也许这是非常浪漫的，并且很不赖——做恶魔并在大地上空飞翔，鄙视地不时向下啐几口唾沫。最后天上的深渊裂开，大自然母性的同情把我们淋湿。秋天就是这样哭泣的，于是我们也和它一道哭泣。

我清醒过来是在家里了。

早晨，如果下午四点可以算作早晨的话，我向自己发了三个誓言：第一个——任何时候再也不喝任何比酸奶更烈的液体，第二个——终止这些荒谬的授课，但却只执行了最后一个誓言，那就是：到傍晚时，要把自己收拾体面，并且得站直了别趴下。我的衣服留在了巴维尔那儿，需要把它搭救出来，因为我完全无法习惯气派的服装。加之这些衣服中的一件——就是我在这奇妙的夜晚穿过的，需要好好清洗一番才行。我手捧着脑袋，留意别让它像一个熟透的西瓜那样裂开了，步履蹒跚地向办事处走去，在每个门洞都要停上三回。办事处像往常一样空无一人，只有阿拉坐在自己的桌子后面，盯着一面小镜子在涂嘴唇。

"她们干吗总是涂涂抹抹的？"我愤愤不平地想，好像这干我什么事似的。

阿拉警告地咳了一声，干练地上下唇相互抿了抿，收起小镜子，说：

"他不是一个人。"

我从门边跳开了，像一只得体的螽斯那样。

"噢，不是的，"她严厉地说，"一个导演在那儿。来请求给影片投钱。"

"又给什么影片投啊？"

"就是他想要拍摄的影片，电影。给拍摄投钱。"

我打开了门。巴维尔郑重其事地坐在圈椅里，仿佛中等市委的第一书记，在认真地听取一个在屋里走来走去、头发很长的年轻人说话，这人抖动着黑色的仿皮布文件夹，从里面露出一张折角的干干净净的白纸，像黑色礼服上的白色胸衣一样。

"……维克多触碰到她……"导演闻声回头看了一眼，住了嘴。

"维克多碰碰她……"巴维尔提醒说，一边快活地看着我。

"不是碰，是触及她。"电影工作者不快地纠正说，这份不快他掩饰得并不好。

"那他为什么杀死她呢？"巴维尔突然打断说，"也许可以用其他的什么方式解决问题。"

导演蒙了，半天没发出一点儿声音。

"但是，要知道，他是杀手，职业杀人犯，"他含糊地说，"这是剧本啊……"他开始说，但旋即又打住了。

我听着这个对话，我的眼睛在他们之间来回转动，然后盯住导演，等着他说话，而导演则盯着墙上那几幅画着某些东西的画，带着愁闷而同情的表情。

"为什么他们不彼此相爱呢？"巴维尔问，用一根手指点着剧本的一页。

"以及结婚。"导演略带鄙视地补充说。

"那怎么了？"巴维尔镇定地感叹道，"结婚是应该的。别无出路。"这话说得很谦逊，一种面对愚蠢的人间习俗时很感人的谦逊。

巴沙拥有一种很珍贵的特点——以不贪财的外表和单纯俘获人心，他不怕显得可笑。这能够收买人心，好像给他们一种优越感，而主要的是安抚人心，如果他们相信这些表现的真实性，就会以变得和善来回报。

"什么叫应该啊？不应该。"导演要命地固执道。

"这是为什么呢？"

"生活就是如此。"那人回答得简短，但含义丰富，就像电影摄影机本身一样。

"难道生活中就没有好的结局吗？"巴维尔叹道。

"这不是生活，"导演皱着眉头回击说，"这是艺术。"

"您别生气呀，"巴维尔以柔和得多的语气说，"对这种事情我可是一窍不通。"

"这里需要的是感觉。"导演轻声回应说。

"我也感觉不到。"巴维尔高兴地接茬。"你看，我这里有一个专业人士，"他朝我的方向一摆头，"能解释一切。老大,你怎么说?"

导演深信人家会当着他的面把喜剧给撕了,便很不信任地看了我一眼。

无论我被这一变故弄的有多气恼,我还是努力地让自己的表情带上批评家和假绅士的挑剔神气,却不知道如何逼真地表现出对于艺术的难于摆脱的思考。不仅如此,我记得,根据波德莱尔的观点,人类的面庞负有反射星星的使命,但手边没有星星,所以我尽可能地反射了霓虹灯的清凉的光辉。

"争论的是什么?"我漫不经心地表示了一下好奇。

导演没作声,眼睛盯着山,仿佛在召唤尚未降生的第十位缪斯女神和她的长姐们[①]当见证人。

"那好吧,"巴维尔说,"一切都好,总的来说,一切在我们这儿都能搞成,21号打电话吧。请把剧本留下来。"

"听着,"导演离开我们后,他对我说出自己的疑惑,"我有点搞不懂了。你看哈,我和你正在学习文学,一切都是那样的……那里的一切都是关于爱情或者关于……"他中断了话头,找不到合适的字眼。

"关于诸如此类的。"我帮他说出来。

"就是就是。人也都是些体面的人。噢,索尼娅在那里是个妓女,这也就算了……而现在呢——他杀她,他们杀他。

[①] 指十位科学和文艺的女神:第一位司历史,第二位司抒情诗,第三位司喜剧,第四位司悲剧,第五位司舞蹈,第六位司爱情诗,第七位司舞蹈哑剧,第八位司天文,第九位司史诗,第十位司电影艺术。——译者注

他，导演，对我说，在这部影片中……他叫什么来着……那个美国人……"他皱起眉，"一百零六起凶杀——这是统计出来的。而我们这儿呢，他说，还要多两起。一百零八个死人。"巴维尔说完，嫌恶地闭紧了嘴唇。"整整一个连，甚至还要多。"

"也许体裁如此吧。"我回答得不是很自信。"应该更庄重些，"我讥笑地指着那些画，"只要这令人讨厌的东西挂在这儿，那他们就还会来为自己的谋杀要钱的。"

巴维尔从椅子上站起身，把手插进裤兜，在自己那些绘画杰作对面站定。

"你知道它们值多少钱吗？！"他恼怒了。

"你跟我说过，"我提醒说，"但是应该换。"

"可是我不想要关于谋杀的。"他爆了粗口。"我想要关于爱情的。给我讲一个关于爱情的，朋友。"

"讲。"我认命地嘟囔说。

于是我破坏了课表，给他讲了，一次在海上扬着帆，那种鲜红色的①，就像"列夫龙"牌的唇膏一样。巴沙对此什么都没说，但我明白，这个故事对他的心思。

"我想要海，"他决定，"咱们买海吧。漂亮的海。"

呈现于我们视线中的有戴勋章的人、戴绿帽子的人、戴包发帽的家庭主妇，甚至还有一个穿着敞怀常礼服的中尉，像极

---

① 指【俄】格林的小说《红帆》，写于1916—1922年间，讲的是对崇高理想和奇迹的坚定信念。——译者注

了莱蒙托夫，——毫无疑问，还有所有残酷的农奴主、刚愎自用的人和红鼻头的醉鬼。

与那些沉重的枝形烛台——也许贵族们用它们打过农奴女演员和被引诱的女仆的头——交替出现的还有迎合各种品味的风景画：浓重的褐色耕地，还有数不清的村庄——俄罗斯大地上自古以来的魅力所在。但是单单没有符合我们口味的。

小村庄的后面耸立着雄伟的松墙，光秃秃的白桦树林苦恼着超凡脱俗的爱恋，必不可少的白嘴鸦大张着嘴，长角的大牲口在美丽的林间空地上踏步而行，而在"京都"下属的豪华沙龙里，甚至有高山湖泊，像被推倒但奇迹般没有摔碎的镜子一样，里面望得见晦暗的中世纪古堡的主塔楼。这漆色已然发暗的、病态忧郁症的果实，被当作德国浪漫主义的典范，企图推销给我们，可我们呢，想要的是火热的南方——我们的祖先从山民那里夺来的大海和阳光。

"请看看画框，"售货员带着情绪，但不失礼貌地说，"看这画框。"

但巴维尔很称职，逐一否决了狡猾的骗子们的所有图谋。

"走开。"他对售货员说。

在大自然中长大的人对美有一种下意识的感悟。

总而言之，什么都有，唯独没有海，生动的、雾茫茫的、像勇士的锁甲一样覆盖着粼粼波光的、像龙光滑的皮肤一样在阳光下熠熠生辉的海，在它的表面可以用红色的水彩笔画上远处船只的红帆，那船上承载着人造的奇迹。

"阿拉，"在这种情况下，我说，"给我的古董商打个电话。如果方便的话。"

"很方便。"阿拉说，像猫儿一样探过身去，漫不经心地用指尖戳着拨号盘的按键。

接近傍晚的时候，古董商回了电话，并邀请去看展览。

"有'海'吗？"我们问他。

"有，"他保证道，"有两幅'海'。"

古董商住和工作都在大尼基塔街。我们乘车穿过广场时，我指给他们看被脚手架围起来进行修复的教堂。

"快看，"我叫道，"好叫你知道。普希金就是在这个教堂里行的婚礼。"

巴维尔扭过头，恰巴刹住车。

"普希金是个骗子和流氓。"巴维尔愤怒地说，而恰巴则爆发了一阵狂笑。

我无可奈何地沉默了，凝视着没有十字架的教堂，它避开我们特定的时代，隐藏在建筑围栏后面。它的小圆顶与翼部和前廊的一大堆不成比例，就像一个几万年前死去的庞大动物的小脑袋瓜一样。紧靠围栏的是一些古老的杨树，枝叶披纷，就像抱窝的母鸡张开的翅膀，守护着传统的宁静。

"为什么是流氓？"我最终还是问了。

"应该用枪把这头公山羊的脑袋给打掉，"巴维尔说，"这个……"

"是说丹特士吗？"

"对,是丹特士,"巴维尔意味深长地说,"那就天下太平了。他就可以写自己的诗,所有的人就都尊敬他了。"

"有一种观点,"我反驳道,"认为这是隐蔽的自杀。"

"我有点不明白。"巴维尔摇头。

我觉得他对普希金怜惜得都要掉眼泪了,倘若让他在某个夜店碰上丹特士,他会不假思索地结果了他,不用愚蠢的决斗程序和手枪效劳。

"时代不一样,"我说,"观念也不一样。"

通常,看着恰巴剃得光溜溜的后脑勺,我会不可容忍地说出很多陈词滥调,唯一令我感到安慰的是,这些陈词滥调不是别的,而是不容置疑的真理,而这些真理总是让我们觉得是值得关注的,因为它们简单得可怕。

"奇怪的观念。"巴维尔指出。

"好像就是这儿。"恰巴说,就此给争论画上了句号。"到了。"

我们仔细地审视着古旧而珍贵的"海",它们在铁门后面受罪,就像不成体统的苏丹后宫里的女奴一样。一幅画描绘的是荒凉的岸,呈梯形刺入深色的水面,水面上抖动着月光铺就的小路,一只小帆船静寂不动,倾斜的帆稍微落下一些,但巴沙喜欢的是另外一幅——从插满柏树的山上看出去的侧景;它,顺便说一句,也更大一些。我们就选了它,晚上就把它竖在了巴沙办公室的写字台上方。那几幅新手笔的画——这些庸俗品味的拙劣宠儿们——受到了冷遇,被即刻扔到贮藏室里去了。

在我们的时代，尽管有诸多不足，但也有令人愉快的特点：赫鲁晓夫用推土机碾压的东西，我们去除得很小心，并不忘把灰尘擦净。

"喂，喂，"巴沙忧虑地呼出一口气，坐到圈椅里回头去望风景画，"这样什么也看不到。"他从桌子后面走出来坐到我邻座的沙发上。"像图阿普谢，"他说，"山也是这样的。一切都是这样的。"

"美！"我说，"你们那个地方景色好看吗？"

"好看，"他阴沉着脸回答说，"甚至非常好看。如果不住在那里的话。"

与残暴的电影工作者的会面令我想起剧院。不是说我想要把自己的启蒙责任转托给这一艺术，但是剧本是为舞台写的，而且我也认为，百闻不如一见。非常巧的是，我的一位熟人刚结束毕业戏的排练，进入了漫长的首演季。固然，剧本是法国的，与俄罗斯经典毫无关联，但我觉得，在更加自然轻松的情况下开始见识剧院是明智的。

在和被监护人见面时我说话很简短：古老的艺术，没什么需要读的，只需坐着看就是了。一切都还不错。室内乐演奏厅，一切都按家常的样子，人都很朴素，座位是硬的。

"那这里面有什么意义呢？"拉祖瓦耶夫打着哈欠问。

我忍受不了剧院，常常对它不公正。

"问题就在于，没有任何意义。一句话，刻意做作。"

"什么？"他提问请再说一遍。

"哦，这就是当有人装腔作势的时候。"

"当有人装腔作势的时候。"我重复道。

隐秘的饱学之士的秘密社团收紧了自己的怀抱。

"好吧。"他瞥了一眼表。"就看上一回吧。"

就在那天，我和有着一个响当当的名字阿纳斯塔西娅的熟人碰了面，她带我们进了空荡荡的大厅，大厅里的墙壁和屋顶都贴着黑纸。左边挂着一个座舱，像哥特式教堂侧面的主教讲坛，演出时导演从那里操纵灯光。

这是艾蒂安·洛朗的剧本，写于二十年代的某年。事情是这样的：在一个法国小城住着一个濒死的人，他在某些模糊的、遥远的和久远的殖民冒险中挣得了可观的财产。这人有个儿子阿兰，阿兰有个妻子索菲。这个女人欺压意志薄弱的丈夫。阿兰目光短浅，而这总是把事情搞砸，因为愚蠢——这是大多数悲剧的主要基础。阿兰暗地里酗酒，人不坏，但是没有意志。早就被认为是失去了健全理智的年迈的爷爷，冷静地观察着，家里的所有居住者是如何折磨那个名叫阿列克丝的女仆的，仅偶尔允许自己把笑意隐藏在灰白的胡须中，笑上一笑。

女仆是个特别年轻的小姑娘，她是从乡下雇来的。在那个时代，当主人们沉湎于幻想，并一个接一个地制造着玛尼洛夫①式的不切实际的空想时，她独自支撑着整个大家庭，而且全部事情都来得及做。一边擦着灰，她一边哼着加斯科涅小曲儿。

---

① 【俄】果戈理《死魂灵》中的人物，以不切实际的幻想著名。——译者注

马夫——一个不知高尚情感为何物的莽汉——垂涎于她。

那里的一切都是围绕着遗产在转:房子、花园和一些什么证券。家中来了一些客人,他们中间出现了一个穷画家,巴黎人,到底也没有弄清楚,他是爱阿列克丝呢,还是只不过在她身上感受到了一颗亲近的心灵,但他来到这个家里正是因为她,他耐心地忍受着自鸣得意的主人们、本堂神甫和驻防军官那些愚蠢的空话。

还有一个药铺老板,是个老头,他时不时在舞台上出现,但我怎么也没法弄明白,在这里给他安的是个什么角色。

总之,那是个有点奇怪的剧。

"我们这儿来过一些银行家。简直白痴到家了!到处都安置了自己的保镖。只给他们一伙人演出——大厅里再没有任何人了。"我们一边沿着镶满镜子的走廊走着,娜斯佳一边叽叽喳喳地说着。

"嗯,我们可不是银行家。"巴维尔自得地一笑。

整个三幕戏他都默不作声地坐下来了,幕间休息时喝了冰镇啤酒,而后从临时安排的池座那棕色的昏暗中专注地看着舞台。

剧中的演员都很年轻,不知为什么他们演得不怎么样。只有女仆令人刮目相看。她对自己的角色似乎理解得比其他人好。巴维尔首先注意到这一点,不过我自己也这么认为。

"一般不会这样啊。"当我们在懒洋洋的蒙蒙细雨中走到街上时,他指出。

此外，另一个同等重要的情况出现了。"海"扰乱了他的心灵并引起了对"视觉艺术"——借用展览会上那个令人永远难忘的胖子的说法——理所应当的兴趣。不妨看看，画家们给我们留下了什么。自然，我们在这里采用的是类似物，从那些令人厌恶的投机商——他们相中了位于原先的加里宁大街上的书籍之家的遮雨檐——那里收购画册。那里的价格是天文数字，但迷醉其中的人们，众所周知，是不在乎钱的，特别是当有钱的时候。

汽车一点点地被艺术塞满。它成堆地躺在后座上，小一点的书籍塞满了副驾驶前方的杂物箱和后车窗与座椅间的平台。恰巴嘟嘟嚷嚷，很想把画册从车厢里扔出去。有一次，巴沙也想要知道，在那个被可疑的旧书商的营垒包围的建筑物里面藏着什么东西，就趁我在外面翻寻的时候，步入了店里。

我在一个按照寄卖店的规矩进行买卖的部门找到了他。他站在柜台旁，敬重地，几乎是虔敬地一本接一本地挑选着书册。从远处看，他就像是一个偶然暴富的副博士，不愿意与专业分道扬镳。巴维尔内行地研究着书，甚至不知为何还掂了掂分量，像是对待稀有的精选牛油果一般。

"你看，"他指着一本书让我看，"封皮是粘上的，"他翻了翻书页，"这里留下了巧克力的印迹。这说明什么？"

书的标题是这样的：

米拉·洛赫维茨卡娅

"在故乡的天空下"

诗

圣彼得堡

1892

我耸了耸肩:

"至少,它被人读过。"

"是的,这本书被读过,"巴沙同意说,"它是在最好的时候被读的,因为读书时还可以吃巧克力。书得到了爱惜,因为透明胶带已经老化了——封皮很早以前就被粘上了。"

"也许,人们没有钱,"我说,"也许,需要用钱。"

想象是朝着善的方向迈出的第一步。许多善事都要感谢这一沉重的能力。

"日子过得很好,"巴维尔重复了一遍并叹了口气,"有巧克力吃。"他把书随便翻开一页:"我想趁年轻时死去。"他像一年级小学生一样皱着眉头读了映入眼帘的第一句话。"奇怪的愿望。"书皮合上了。"我看,这些孩子脑筋不正常!"他有感情地说。

样子活泼的女店员双手抄在胸前,渐渐开始留心听我们说话。她是个染成金发的姑娘,一双灰眼睛冷冷的,眼神傲慢。

"姑娘,"巴沙叫她,"这是在店里粘上的吗?"他用手指在有胶带的那一道上滑过。

女店员摆了一下手,不情愿地离开靠着的墙壁,低下头以便看得更清楚:

"不是。"

在封皮内侧用变色铅笔斜着写道:"瓦瓦赠给克拉沃奇卡。祝你长寿且幸福。1934年4月4日。"

"请告诉我们,"巴维尔向女店员请求说,"这本书是谁拿来的?"

女店员看样子不打算回答。她耸了耸肩,开始整理用金属回形针固定在封皮上的价签。巴维尔的手慢慢滑进口袋——他直接在口袋里带着钱,他没有钱包——并捏着边缘扯出一张十美元的纸币。

"不需要。"她斜眼看了纸币一眼,说道,在她的眼睛里,一种完全属于尘世的幸福许诺闪烁了一下又轻柔地熄灭了。

巴维尔招姑娘们的喜爱——他善于很迷人地微笑。过了几分钟,她给了我们一张写有电话的纸片,而又过了四十分钟,借助于专门的电话服务,我们得知了归还诗集所需的确切地址。

我们在一幢革命前建成的房子的门洞里,在那扇脏兮兮的门前徘徊良久,又将就着坐在宽宽的石头窗台上抽了更久的烟,窗台上有一个割掉了顶儿的啤酒罐,里面塞满了卷曲的、气味难闻的烟头。

巴维尔不喜欢人们不得已卖掉自己的书,何况还是有纪念性题词的。他对类似事情的原因进行了猜测。毫无疑问,他得出的结论是,卖书的不一定是陷入绝境的中老年人,但这种可能性他觉得极小,尽管也是情理之中的。他根据自己的理解,在所到之处，只要他见到公平遭受了践踏和侮辱，就要重建它。我在这里作证，正如布尔加科夫曾几何时所说的，不论是关于哈伦·拉希德①的怪癖，还是关于欧仁·苏②那些迷醉于在煤油灯微弱的灯光下完成善行的主人公们，他还都闻所未闻。他认为，如果他过得好，那么就需要所有其余的人也要过得好。这是不是矫情？他不是个矫情的人。

我不知道，有没有什么东西是他觉得不可能的。他的自信很能感染人；这甚至不是自信，而是对自己存在的意识——与那种引导过早期社会观念形态持续不断地运动的信念相似，这种感情使他接近古代的地球居民。我不是不明白，我下面的说法在叙述的过程中会变成悖论，但我敢于期望我是个认真的观察者：他觉得对世界负有责任。他认为，世界是理性的，其全部秘密只归结为一句话：一切都应该美好的，否则连活着都不值得。

把不能结合的结合在一起，改变世界，这是他的使命。这种追求暂时是隐藏的，一旦有了实现它的手段，它就表现出来了。它是客观的现实——差不多就像眼睛的颜色那样，想不放任它都难。而手段——我对这一名词的理解是其全部人所共知的意义——是他觉得唯一当之无愧的，经常，非常经常出现的情况是，它们的确比善意的话语重要得多。

有时，他随心所欲撒出去的施舍，造成的效果与他所希望

---

① 阿拉伯的哈里发，因《天方夜谭》里的描绘而著名。——译者注
② 法国作家（1804—1857），著有《巴黎的秘密》。——译者注

的相反。有一次，我们因某种需要去市场。噢，对了，他在那里开了一家药店。一个中年妇女吸引了他的注意力，她穿得整洁，但异乎寻常地穷——穷到这种打补丁的整洁，看上去已经就是一点不做假的贫困了。她在沿着货摊缓慢地走着，一边翻看着装有剔出不要的土豆的箱子，偷偷用这些垃圾装满她手里破烂的购物袋。一绺灰白的头发从灰色的毛围巾里掉了出来，她一再扎撒着被土豆上的泥弄脏的手指，用手背将之推开。巴维尔跟在她身后走，一边回头带着惊异的神情看我。我站在稍远处，觉得自己是共同事业的参与者：借他人之手行善——这是件引人入胜且令人愉悦的事情。我不想隐瞒，在这种时候我产生了一个疯狂的期盼，此时此刻，奇迹即将出现在眼前，巴维尔将向所有的姐妹分发耳环，擦干所有的泪水，在我们的家园上空，和煦的太阳永远放着光芒，自古以来就来到世间观察永无休止的地球的俄赛里斯[①]再也不会死去。

最后，巴维尔看准时机，试图往她的包里塞钱，而且不是小数目。

她轻轻地挣脱了，看样子是怕他生气，歉意地望着他，不赞地摇着头，并慢慢地往后退，然后突然间泪水从她的眼中迸溅出来，好像她从上空看了自己一眼，而且，只是在此刻，才意识到自己极度贫困的处境……钱她到底还是没拿，一边继续哭着，一边带着烂土豆蹒跚着走开了。

[①] 埃及宗教中的王室丧葬神，死者的主宰。——译者注

他雕像一般僵立在集市场地中间,妨碍着爱凑热闹的人和购物者们行走。有人推搡他,有人骂娘,而他茫然四顾,仿佛第一次见到集市的纷乱,还有周围的房屋,还有人流本身。手机在他口袋里急切地咩咩叫着,但巴维尔同样惊奇地、带着一种专注的惊异表情倾听着这声音,并用好像突发病症时现出的、完全惊慌失措的眼神看向自己的口袋。要知道他是在自己身上感觉到了一种需要,主要的,是一种能力,不仅能把购买力不强的国库券放到这妇人的脚边,而且还能把全部的土豆和这个集市上所有能用钱买的东西都放到她脚边。

也许,正是在那时,他第一次有了一种对自己的力量产生怀疑的预感:他想要顺便治愈的世界是如此之大,其本身所有最小的部分都如此配置得当、比例匀称和程度相同,它们能以令人沮丧的误会的面目呈现在文明人的视线里。

但是痛苦,而也可能是病痛,是如此的无所不在,如此的天天如是,就不禁让人生出一个念头:善行——与其说是一种行为,不如说是一种生活方式。

"咱们去一趟仓库,然后再回来。"巴沙建议说,以此打断了我的思绪。"没事没事。"当意外情况在他那没有被高雅文化的诡辩污染的意识——无人照管、自满自足得像野生的大自然的一角一般的意识——中引起慌乱时,他有自说自话的习惯。

位于费廖夫斯卡娅·波伊马区的某个装备机库充当了仓库。在这个地方,河岸永远满是堆积如山的沙石,了无生气、锈迹斑斑的驳船在那里沉寂着，而吊车悬在水面上，倒影映在涌过来的波浪上。

仓库里一个不爱说话的亚美尼亚人在管事。他的脸颊上覆盖着两天没刮的短髭。装药的纸箱一个叠着一个地摞在木头底托上，散布在辽阔的机库里。

"这全部是药吗？"我问，惊叹于买卖的规模之大。

"是药。"巴沙漫不经心地回答，而亚美尼亚人蹙额看了我一眼，这是我们待在机库里的这段时间里他第一次看我。亚美尼亚人穿着一件用某种红色的丝绒布料做的双排扣的西服，衣服穿在他身上像口袋一样肥大，白色的衬衫也没用系上领口的扣子。裤子他穿着长，在脚面上方堆出好多褶儿。

"这是治什么的？"我走近箱子，想看看名称。

"治命。"巴沙冷笑了一下，就和管库员摆弄起一些什么文件来。时不时地，他们会轮换着停下自己的事情，对着话筒冲某些没有回应的交谈者吼出些很凶的骂人话。

我总觉得，成功人士应该在昂贵的饭店里吃午饭，在自己的同类中间，被殷勤的、受过严格训练的、行动起来像影子一样和用微微的笑容说话的服务生围着，但我的拉祖瓦耶夫对此也有自己的看法。很难想象，会有比我们那天对付饥饿的食堂还脏的地方了。

在离皮缅修道院遗址一百五十公里远，靠近"O"工厂无孔无缝的围墙处，有一幢黄色的二层建筑。从街上看过去，它被几株巨大的、直接从裂缝的柏油路中长出来的杨树遮住了。布满整个破旧墙壁的连排的窗户，看起来有十来年都没尝过抹布和海绵的滋味了。一切都带着荒芜的印迹，里面则更脏乱一些。

巴维尔从一大摞中拿了一个黏糊糊的托盘，就站到了由两个穿着工装上衣的男人组成的不长的队伍里。款台后面，一个胖胖的、体量庞大的上了年纪的女人端坐着，像山一样隆起在收款机上方。

"赞同。"对来者的任何需求，不管是烤土豆泥，还是素菜汤，还是醋汁鳕鱼，她一概高兴地回应。

巴维尔在这里被当作自己人，这让我感到惊奇。肥硕的收银员就像对一个老熟人那样和他打招呼。等没人在取食物的地方排队了，她艰难地从自己的小工作间挪出来，一边不时回头看看款台，一边把自己沉重的身躯拖到我们的桌旁。

"那些人又来了，"她冲巴维尔耳语，但说地让我也听见了，"来找亚历山大·雅科夫列维奇。"

巴维尔沉了脸，皱起双眉，眉头之间形成一道皱纹——如反坦克壕沟一般不可逾越。

"济娜，谁也钻不到这儿来。"他阴沉地说，用杯子底儿压死了一只爬到桌上的蟑螂。"这里没什么可让他们捞的。"

收银员沉默地听着并怀疑地摇着头。她身上散发出热牛奶的温暖味道，于是我终于明白，她的胸脯让人想起什么了。她就像做复活节圆柱形大甜面包的面团——有生机的、独立的机体。

"今天是哪种糖水煮水果？"巴维尔认真地问。

"糖水煮水果没了，"她说，"是水果干煮的。有汽水。我这就拿来。"

"有问题？"济娜去拿汽水时，我问。

"就是有些个怪物。"他不情愿地回答。

我认为最好不催他。

"他们想要食堂。"

"可你要这个食堂做什么？"我用质疑的腔调问。

"我想让这里一切照旧。有什么不明白的？甜菜沙拉。有什么不好的？匈牙利烤饼。红菜汤。迈阿密。"他对自己的健忘自嘲地一笑。"就让人们吃呗。况且我也习惯了。这里便宜，这样的地方所剩不多了。而在下面，我要给自己搞一个仓库。"说到这儿，他突然打住了，抬眼看了看我，就这么结束了。

"那这些人呢？"

"而我对那些人……有一回我已经警告过他们了。以后不会了。"他的眼睛突然发暗，变成凝胶状，就像一些人在情欲发作时那样。但这并非情欲。

济娜拿来的酸果蔓果汽水非常对我的口味。巴维尔环顾了一下大厅的空间。也许，三百年前彼得沙皇带着类似的表情环顾过萨尔庄园以北的沼泽低地。

我没问他有什么手段让竞争者偃旗息鼓，不问也清楚，这样的手段是有的，但我不知为什么没有想到，对手应该也有某些手段。

晚上，我们再次站在诺沃库兹涅茨卡娅街上那幢房子高大的门前，毫无结果地把凸出的门铃按钮按进框里去。巴维尔撇着嘴唇，抖动着那本倒霉的诗集。过了五六分钟，邻居的门锁咔哒一声响，门好像哎哟一声，叹了口气就敞开了，放出一股门厅里不新鲜的空气，但是有好几秒钟的时间，并没人从里面出来。然后响起了宽松地趿拉在脚上的鞋子底部擦蹭地面的声音。一个穿着绿色敞怀大衣的、并不年轻的女人出现了，大衣上的灰鼠皮领子毛都掉了。大衣下面露出厚绒布做的浅色袍子，女人手里拿着个装满垃圾的袋子。女人小心地拎着袋子，绕过我们，下了几级台阶，但还是扭身回头看了看我们。

"你们在按克拉弗季娅的门铃？"她问。"按不通的。"

房间深处一只狗尖细地叫了起来，跑到门边，大概，开始用前爪抓门。

"为什么？"

"她死了。"女人说完，回头看门。"我就来，乖！"她变了嗓音，更大声地说。

"怎么就这么死了呢？"巴维尔问，"什么时候？"

女人有点讥笑地扫了巴维尔一眼。

"很平常。你不知道死是怎么样的吗？"她把袋子的提手从一只手换到另一只手里，于是一只空的罐头罐子掉出来落到平台上，罐壁上能看到干涸发黑的番茄酱污迹。罐子斜立着跳起来，在瓷砖上打着转儿。"死于传染病，"女人皱起眉，"不久前。"等罐子安静下来并停住了，女人解释说。

这样的变故我们可始料未及。

"为什么呀？怎么就死了呢？"

"因为老了吧，"女人推测，"这种事还少吗。"

"带它出去遛遛嘛。"巴维尔有些平静下来了，他建议。狗继续挠着并哀怨地尖声叫着。

"然后你给擦爪子呀。"女人接茬儿说。

"这是她的书吗？"巴维尔问道，把书冲她伸过去。

"我怎么知道？"她快速瞥一眼封皮，说。然后又看了看封皮。"她死了。"女人意味深长地重复说，拾起罐子，把它放到冒尖的垃圾上面。"死了。"然后，扶着栏杆扶手，沿着台阶走下去了。

不知为什么，这既奇怪又难以理解。看起来好像完全没有人死。因为每天街上都挤满了人，而且常常是人满为患。

不管是城市还是世界，都没发现我们的死亡，并且不顾一切地继续着不知是谁开头的东西：冷漠的物代替了主人，孩子匆忙去学校，人们就像肆虐的水快速填满了一切力所能及的空间，甚至连墓地看起来都不过分荒芜。

在我们死的那天，某个人会觉得这世界建造得也不是那么糟糕，某个人会滑落到绝望的深渊，而有人一定会朝什么人微微一笑。也许会下雨，因为自然是爱哭的，而人满为患的火车在这一天会没事儿似地朝着四面八方飞驰,好像在我们死的这天真的什么特别的事都没发生一样。

我们又一人抽了一根烟,透过楼梯间打破的玻璃窗,观察着拎袋子的女人踢踢踏踏地出门走向混凝土制的围墙,那里放着一个垃圾桶;也不时看看高大的门,直到我们认识到,这门干脆直接长到门框里去了,没人来开门,也已经完全没必要打开门了。

大概就是在这个时候,我不小心给他讲了一个差不多快忘了的故事,不过这故事从未出现在中学教学大纲里。简短截说:在一个省城,女演员们行为乖张。当地有一个商人,不过出身更为低微,引起了她们中一个人的注意。源于贫困和古怪欲望的风流韵事在很大程度上促成了这个粗人的转变。在各私营戏班子中间她与自己的猴子的不学无术做斗争,并用配得上上天之吻的娇小迷人的手儿,在他面前稍稍透露了一些最亮的光明之秘密。过了几年,在巴黎的展览会上他不知怎么割伤了自己,他发现,从皮肤下面渗出的血滴是蓝色的,像奔萨的天一样蓝。这让人担负了些令人愉悦的责任。但是有一点不好:割破的伤口是致命的。

我惊恐地发现,我的朋友拉祖瓦耶夫从今以后把"剧院"一词就像"绘画"一词那样,只单一地理解为:剧院就只是这个变成了永恒的首演的、没完没了重复得让我生厌的剧本。好比唱片卡住了,我们一遍遍去这个剧院,坐下来等待,什么时候阿列克丝会为了更大的、不光彩的荣耀而欺骗女主人。于是她穿着紧身的连衣裙出现了，梳着涅菲尔提提①的发式，像斯芬克斯一样，坐到画家用来蒙家具的降落伞绸布上，灯光庄严地熄灭了，昏暗中最后消失的是带有地狱之火一般的红晕的脸。

偷了银版照相的巴黎画家在悄悄地画小女孩阿列克丝的肖像，打算给她一个难忘的意外惊喜。画家想以此来支持在嘲笑和欺侮的重压下筋疲力尽的小女孩。家中没什么变化：马夫在刷着看不见的马匹，阿兰从空酒瓶里喝着虚空，苏菲施阴谋和军官一起背叛着他，爷爷为死做着准备，和教区司祭进行着长时间的交谈，司祭是一个瘦的像细木条、长着鹰钩鼻的男演员。全部内容巴维尔都已经背下来了，所以，在阿列克丝没出现在舞台上时，他很无聊。

就这样，我开始怀疑，他死死抱定了一个荒谬而危险的想法，就是要爱女演员。没有丝毫疑虑，这些造物在他看来就是天外来客，是参与蓝色星球的很多秘密的高级存在。他暗地里对她们中的一个心存幻想：这样的关系会增添他在周围人的看法中的分量，即便在自己眼中亦然。这样的关系会使他适应傲慢的城市，在城市里他自身依然是个外来者。

"她们中的哪一个呀？"我直截了当地问。"莫不是女主人或者那个……"

这些个女演员啊，她们的眼泪有如珍宝，也似石化的露

---

① 涅菲尔提提：公元前15世纪—前14世纪的埃及王后，阿孟霍特普四世之妻。——译者注

珠，她们的爱情能令人变得高尚，——这些女气精①啊，狡猾而又温柔，不食人间烟火，是崇高的悲伤之女友，是我们意愿的障碍，也是退伍的骑兵大尉们的命运，他们那不学无术的心灵有着非同小可的潜力。

我的八卦让他不自在了。

"我心仪的要普通得多，"他咧嘴一笑，朝舞台的方向一晃头，"就是那个。女仆。"

正如我已经说过的，她的个子不高，从远处看完全是个小姑娘。两根小辫朝不同的方向翘着。她眼里的表情与其说看得见，不如说得靠猜。

通常，看完戏，巴维尔就钻到自己的车里，耐心地等待剧院的橡木门把阿列克丝放出来。她的真名是什么，我们还不得而知。汽车顺着这姑娘行走的人行道慢慢地开着，开到她进去的地铁站，看她融入人海，消失，直至下一次再见。

这之后，他的心情明显变糟了，他躲进自己的"小屋"里，玩着电视遥控器，倒到那张仿制我和他青春年少时的行军床上。

"真不知你怎么无论如何就是不愿意明白，艺术只不过是一种假想，"我略带责备地开导着，"而不是行动指南。而且更加不是说明书。"

生活不分等级地每天、每秒、昼夜向人们提供许许多多的

---

① 女气精：克尔特和日耳曼神话中的气仙女。——译者注

可能性。如果我们有钱，我们可以，比方说，几小时就移驾到六大洲的任何一洲，也可以——这种可能性权利均等——根本就哪儿都不去。

那些因为某些原因没有钱的人，选择也丝毫不少：二十种米，三十种果树，秋天，冬天，春天和夏天，药草，城市或乡村，雨，雪，雷暴和明媚的黎明。但不管五维的信徒们在那里说什么，还没有谁能一下子坐六架飞机或者把一年四季合在一起。

但是应该抓紧，时间飞逝，别耍性子，钟表的指针像好母亲一样恪守原则，心在跳动，仿佛锻工一般：咚——咚，咚——咚，而思绪——这也是它，致命的、不可抗拒的时间。

有什么办法呢，果决的人做选择，不果决的人依然故我，从大商场里出来仍旧两手空空。

"怎么你没爱上索菲呢？"有一次，我顺便对拉祖瓦耶夫说，"她的脸上能看出真实欲望的印记。你注意一下，她是怎么看阿兰和其他人的。"

"怎么看的？"他深感惊奇地问。

"审视地，"我回答，"她懂男人。如果她不懂，那她就不会演这么复杂的角色了。"

巴沙斜愣着一只眼睛看我。他的眼白发红，而瞳仁吸收了舞台顶灯的黄光而像工业用金刚石一样，闪耀着平静而又戏谑的不屑。我扯了一下他的袖子，但索菲打断了我。邻座的观众向我们投来不赞的眼神，于是我们重又老实地盯着台上了。

索菲坐在一个小椅子上,阿列克丝在给她梳头。

索　　菲:阿列克丝!

阿列克丝:是,夫人。

索　　菲:你知道什么是……爱情吗?

阿列克丝:是的,夫人。昨天让别先生派我去马厩取他的短鞭子。我到了那里,那儿没人。只有马夫让-皮埃尔。

索菲回过头去认真地看了阿列克丝一眼。阿列克丝把梳子贴紧胸口。

阿列克丝:他把手放到我的胸上并用力挤压它——就像这样——还说:"在这只手掌里,小东西阿列克丝,是我的爱情——世上能遇到的爱情中最强烈的。"

索　　菲(把梳子从她那儿夺过来):你可真蠢!……你怎么不声张呢?后来发生了什么?

"应该结束这事,"看完剧之后,巴维尔不满地对我说。"随便什么畜生都要去乱摸!那个大个子的家伙,"为了不令人对他的状况产生怀疑,他强调说,"我要把手给他掰下来。"

在例行的观剧时间——算起来已经是第八次了,我对简单易懂的形式斗胆表达了自己的疑虑,并向他俯过身去,将救命咒语的简短部分联合在一起,把必要的词语像大头针那样刺入黑暗:

"艺术是假想的。"

有一次发生了一件与舞台的虚构空间没有一点关系的、真正不愉快的事：阿列克丝和马夫一起从剧院里出来了。他们双双慢悠悠地走着，并很自然地说着话。巴维尔抿紧嘴唇，从车窗里看着这情景，车还像惯常那样顺着人行道以乌龟一样的速度行驶着。

"你说，是假想的？"巴维尔冷笑道。

"行动应该更果断些。"我有些失落地望着阿列克丝的背影，不是很自信地建议说。我也开始觉得，轻盈的小女孩无权背叛其在舞台上展现的那个现实中的形象。

路人模糊的身形从车旁往来穿梭着，不时挡住让－皮埃尔那"肌肉发达"的橙黄色夹克衫，他在靠近马路的边上来回走着，抬着一只手招车。阿列克丝则像个站岗的士兵一样，双脚并拢地站着。

"靠过去。"巴维尔下令。

恰巴早有准备地把车开到女演员跟前。

"去哪儿啊？"他朝摇下的窗玻璃外面问。

让－皮埃尔看清车厢里有好几个人，就回头看向阿列克丝。

"去卢比扬卡广场。"他犹豫地说，一边使劲朝车厢里看，看向后排座椅，而我们的四只眼睛从那里看着他，带着猛兽见到美味时的表情。"不，我们不坐了。"他最后说，然后走向阿列克丝。

开始有其他车停下来，于是他们很快就坐上一辆带彩色翅膀的"日古利"走了。

"去卢比扬卡。"巴维尔闷闷不乐地重复了一遍让－皮埃尔的话。

"许是去弄毒了吧。"恰巴顺嘴说道,然后大张开嘴巴,打了个哈欠。

"为什么是去弄毒?"巴维尔问。

"我就这么一说,"恰巴笑了笑,快活地看了我一眼,"推测……谁会坐我们的车呢,你就想吧?"他对巴沙说。

巴维尔变得比乌云还阴沉。他连抽了三根烟,盯着看烟圈在车厢的幽暗中慢慢消散或者在碰到车顶时被撞碎。

"这家伙,哦,就是这姑娘的,这个索菲的情夫,两只眼睛看向不同的方向,"他对我说,"发现了吗?"

"没有。"我说。

"是看向不同的方向。"他肯定道。

在完成了准确性令人生疑的全部表演之后,女仆还是走下了舞台,并且他们把自己的存在变成了一种疯狂的、令人迷醉的曼陀罗。我觉得,这是一场奇怪的和可怕的竞赛,他们手持簸箕形铁锹,争先恐后地把自己松散易碎的、砂质的生命整锹整锹地从车厢里抛撒到无生届,饼干成为碎屑,于是由数目合成的时间之碎屑全都飞扬起来,由下向上飞扬起来,并像羽毛一样旋转着,与星星多石的尘埃结合在一起。而我就像集体农庄的统计员或者一个残暴的军士,在数着这些锹数,一边看着指挥的钟表,一边在自己的日记账上划上整齐的倾斜的对钩儿。甚至事件本身如今在记忆里也只剩下色彩了:夜晚的蓝色的光,给了人无限想象的住所的墙壁那像盖在被子下面的世界一样无法透视的黑色，紧盯着舞台那磨损了的木地板的天幕灯黄色的盲眼，还有最柔和的"Sol"牌啤酒那精美无色的玻璃瓶。

要是想详细地写下来的话，那我们的相识发生得太过于寻常了。一次看完戏，我们和她在出口处撞到了一起：她穿着熟羊皮短皮衣和高跟翻毛皮鞋，阿列克丝的红脸蛋还在她的双颊上燃烧着，像难以消除的过敏反应。一开始她做出记得我们的样子，但是等她看到汽车，就明白了，这的确是这样的。不过，我们在持续了十多场的演出中不可能不混个脸熟。巴维尔建议开车送她，她出乎意料地轻易就同意了。在路上，我们去了一家什么店品尝了某种啤酒，并且一直品尝到了两点半——这对于开头来讲相当不赖。

她的眼睛是快活的，在不同的光照下有时是灰色的，有时是蓝色的。在左眼下方，几乎是在鬓角处，有一道很小的浅颜色的对钩儿形的伤疤。伤疤令人想起埃兰①的楔形文字符号或者高高地翱翔在天上的燕子，并且给她的目光增添了一种永久性的顽皮表情。这是一道可以欣赏的伤疤。

"您的这道疤是哪儿来的？"我问（那时我们还称"您"。）

"童年的记忆。"她笑了。"那时还小，我滑雪橇，雪橇翻了，尖角就磕了我，"克谢妮娅讲述说，"怎么，很明显

---

① 埃兰，依兰：早期奴隶制国家，位于伊朗高原西南部，今伊朗胡齐斯坦省和洛雷斯坦省境内，存于公元前3世纪—6世纪中叶，首府苏萨。——译者注

吗？"她从巴沙的烟盒里拿了一根烟，小心地把过滤嘴放进涂得很精致的唇瓣之间。

"小伤疤有时候很适宜的，"我回答，"不知为什么，它们能增添美感，可为什么，我不知道。看起来，伤疤不仅能修饰男人。"

她抖落烟灰不是用弹的，而是笨拙地，用食指指腹在香烟上拍打：香烟在动，但烟灰没掉，还以烧焦的鼻子状留在原地。

那夜我们评判了所有的东西，毫无例外：夜店的优点、饮品、已经消失的电影，还有根本就没想过要读的书、价格制定的问题、黄道带的标志、天气——这一切都得到了承认或者遭到了放逐。搞清楚了，不理会人所共知的概念而谈天气真的非常引人入胜。我们咒骂雨水、寒冷和漆黑，抱怨钟表走得太快。克谢妮娅的生日是十月十二日，于是巴维尔记住了这个数字。十月十二日那时已经过去了。

"你们迟了，"克谢妮娅说，"现在要等整整一年。而一年里什么都可能发生。"

"那是啊。"我意味深长地说。

"没事没事，"巴维尔答道，"咱们弄自己的。"

如前所说，他喜欢并擅长送礼物。礼物是极好的，可以让人到死都记得，而且绝不仅仅是接受礼品的人会记得。

"那如果没结果呢？我的意思是和她。"我有一回问道。

"一切都会有结果的。"巴沙向我保证说。

他的自信其实没有半点自鸣得意，但还是令我有些反感。很快就弄清了，克谢妮娅和马夫，除了剧中的角色外，没有任何关系。但是，有自由并不意味着它的缺失，或者更简单地说，并不能导致什么。

"哪儿来的自信？"我嘟囔说。

"可我想要的一切我都能有，"他简单地解释说，"而我不能有的，我也不想要它。"

随着时间的推移，形成了某种类似传统的东西，而且当阿拉开始加入到我们好不容易争取来的团体之后，一切都更简单了。她打算换工作，因此获得了独立的地位。她暂时没有离开巴沙，同意干到初春。他很看重她，并没有设置任何障碍。

莫斯科就在那个时候开始了连绵雨，所以我都开始忘记，天空没有灰白的羊群是什么样子了。地面被湿气浸透，整天是淅淅沥沥的雨声，好像树林在持续的风吹拂下发出的喧响。一半的树都光秃了，叶子落满了马路，没有扫走，便积在道边发霉腐烂了。水洼里水泡鼓起又爆裂，平稳的水流激起泡沫，在柏油路的边缘和不深的水边颤动着。风在光裸的街面上游荡，把不合心意的温度往下压，但是暖气还没有开，城市因而很像洗冷水澡的神经病。

莫斯科的夜晚完全不像某个小城里的那样。那里人们活着是为了活着，这里则不是活着，是做着。那里即使是中午也觉得一切都是睡意矇眬的，这里甚至在伸手不见五指的黑夜里也感觉得到固执的、有意识的生活那避人耳目的转动。城市睡着——但总是不能彻底睡着，随时准备着跳起来，恢复并使疯狂的生活那永不停歇的飞轮越转越快。运行到很晚的公交车在无雪的严寒中那显得干巴巴的声音，纵情狂饮后沿着宽阔的人行道蹒跚而行的人群带着醉意的嘶吼，流浪狗低沉的吠叫，它们嘶哑的对骂，像打枪一样的击掌声和像击掌一样的打枪声，昼夜营业的售货亭暗淡的光亮，都在提醒着这一点——所有这一切都营造着一种不安的恍惚状态，于是甚至在完全的寂静中，这样的寂静从来都持续不了多久，不安也会喷射进来。如果在黑暗中，在街灯那令人不舒服的光照下行走，路过灰色的大楼，四顾一排排同样黑洞洞的窗口，惊慌不安便会不由自主地在心中油然而生。在这些庞然大物里，梦都是沉重的，而时间尤其无情，而且总是超出机灵的人们所想出来的对时间自身的描绘。而且这也根本就不是梦，而是曾几何时在这些地方存在过、已经被遗忘了的军营的警醒的打盹。莫斯科变成了这个样子，肮脏，却很诱人——一个饱读诗书，却几经转手的商人的女儿。

"好天儿。"巴维尔断定，而我只是耸了耸肩。

他的声音在死寂的空旷中听起来格外洪亮，并且像一个透明的幻影，飞向无人的胡同，而这些胡同自身因为空旷看起来更宽、更坚实。原来，他给钱找到了用处，从而感觉自己在莫斯科是自己人了。这是他的城市，但是要知道，它也是我们的。而且它还是我们所不认识的什么人的，这样的人我们每天都会看到很多。

在一个这样的夜晚，我和阿拉去闲逛。我们之间不知不觉渐渐亲近了起来——在航海的雷达上，受看不见的洋流的摆布而失控的船只的两个脉动点就是这样相互靠近的。

我喜欢她的自信，是那种完全有理由的自信；她是快活的，而我喜欢快活的人们——也许，他们真的比其他人更善良些。而最主要的是，她的直率吸引了我。这一品质我不由自主地特别看重——我自己是个可预见的抑郁症患者，阴郁得像照顾传染病人的护工。她也在我身上找到了某种东西——否则我们也不会这么频繁地单独相处，就像常常发生的这样。

"我为什么这么喜欢跳舞呢？"她问我，而我只是耸耸肩和莫测地微笑，就连令人厌恶的雨在我看来都是爱情故事的正式要素。

已经是第三天了，一到下午就下毛毛雨。没有星星的昏暗天空在建筑物上面发着不干不净的雪青色，低得触到了湿淋淋的高层建筑物的尖顶。人行道和马路闪着水光，这水在同样又湿又亮的汽车轮子下飞溅。

有进取精神的秋天的确比其他状态更适合莫斯科，如果不算迷人的、毛茸茸的、几乎是特别神奇的冬天的话。在秋日接近尾声的时候，就会感到某种揪心的易逝。我喜欢在人群中穿梭，在拎着买来的东西急着回家的女人们中间，在电影海报前和灯火通明的商场陈列橱窗前站一站，转悠转悠，走来走去，和街头卖各种零碎杂物的小贩们闲聊，用手套遮着微弱的火舌，把打火机的火苗凑近颤抖的香烟，捕捉和回应匆忙投来的眼神,捎带目送喜欢的面孔远去,并带着无力的忧伤看着,人群的厚层,或者是冷漠的车厢门,或者是汽车的窗玻璃,如何将其遮蔽。我觉得这些时刻是特别的:在这些时刻,有人会找到幸福,有人会永远分道扬镳,而我总是被郁闷所包围,对所有像沙粒一般从无力地张开的指缝间洒向虚无的无数的可能性感到郁闷。

遗憾的是,不能和这个人聊上一聊,也不能和这个人搭句话,还永远都不能和拎着一大堆购物袋、正不那么灵活地往出租车里钻的那个人结识。而不知为什么,我就是想知道,他坐着这部宽敞的黄色汽车要去往哪里,在神秘而易逝的秋日的黄昏时分,到哪里去,以及谁会在不爱说话的司机让他下车的地方迎接他。还有其他那些在六个车道上一个跟着一个执着地蠕动着的汽车都是往哪里开的;我就是想知道,谁在等着他们,咖啡馆里的客人们坐在临街的高窗下的小桌旁在谈论着什么,年轻人和姑娘们给谁买的花,他们站在地铁站出口处,焦急地在无尽的人流里辨认着一张又一张面孔,并且因为对于一个人来说这些人太多了而郁闷,他们是在渴望着认出谁来。

室外驱赶着进室内,到温暖明亮的、有人的地方去,于是我们去了一个时髦的小酒馆。里面的墙壁都是用木头镶的,摆着一些台球桌,桌子上面是垂得很低的、像越南的稻草编的斗笠一样的黑色的罩灯,在被照得很亮堂的绿色呢面上,五颜六色的球或在飞,或在滚动,以震耳欲聋的碰撞声驱散着寂寞。带篷马车的轮子、马具、马鞍和一些镶在细得像毛线团的粗线一样的黄铜框里、有发黄的说明书的放牧人竞技会的黑白照片补充着室内的装潢。

给我们上了啤酒。瓶颈处放着些打蔫儿的柠檬块，就像农村栅栏的板条上扣着些罐子一样。

在柜台那边有一个小伙子，侧面对着我们，悠荡着腿坐在一个高木凳上，像个淘气的孩子。他转过身来，我们认出，他就是那个到巴维尔那儿请求拍电影的年轻人。他没伴儿，形单影只，散发着生人勿近的气场。看到我们后，他本来也就挥了一下手，后来想了想，费劲地从高椅上爬下来，端起自己的啤酒，朝我们的小桌走来。

"噢，是专家呀。"他忧郁地微笑着对我说，又转向阿拉："女士！"他的姓氏是斯特列利尼科夫。他靠广告赚钱，但在渴望着真正的事业。

"拍摄进展如何？"我们异口同声地问。对于电影永远都有兴趣了解。

他贴近瓶颈，用厚厚的嘴唇取下一块儿柠檬，像吃草一样吃进嘴里，嚼了很久又喝了很久。

"哪儿有什么拍摄啊。"他说，一边醉意朦胧地笑。

我们看着他，等着解释，而他用打火机捅着空瓶子，让它在桌子上滚动。

"我们的时代就是这个样子——什么都搞不出来……每个创意还处在创意阶段就陈旧了。就错失良机了……"

"这干时代什么事？"阿拉耸耸肩。"时代就是时代。"

"不是所有人都有同等的机会。"导演清醒地说，仿佛从浑水里钻出来一秒钟，但是马上就又被醉意灌倒，继续谴责周围的一切了。

服务生给他送来找零。

"钱，"他扑哧一笑，从公文包里倒出一沓浅色的、毫无表现力的纸币，"难道这是钱吗？"他把它们在手指中揉搓了一阵，又放了回去。"等国家有了像样的钱，像过去那样的——自己的钱，你确切地知道用它们能买到什么东西，那时候才会有艺术。"

阿拉从包里拿出钱包。一张崭新的一百美元纸币像传单似的搁在桌上。

"这些怎么样？"

斯特列利尼科夫用迟钝的醉眼瞟了一眼。

"差不多吧。"

他又要了一瓶。

"那时候至少就能弄明白谁是谁了。"

"我们都是人。"我说，我觉得很有道理。

"并非都是。"他恼怒地看了我一眼。

"法国的法郎很漂亮，"阿拉带表情地说，"那么大个儿，很温馨。是令人愉悦的钱。"

导演没听她说，因为他自己在说。

"够了，别说谎了！我们一直在说谎……没有上帝。"他突然冲口而出。

"这又是哪儿跟哪儿啊？"

"哦……随口一说……"

看来他自己也对自己最后的反常举动感到不自在了；他有点害怕地看了我们一眼，但马上控制住了自己，又继续激动地长篇大论：

"我们所有的人都好像在等待着什么，好像在下雨的时候站在车站等有轨电车，而它早就不运行了。而雨怎么也不停，它也没有结束的时候，这见鬼的雨。所有的人都知道，但都站在那面面相觑。每个人都害怕迈出第一步。可是必须得走，翅膀是没有的！"他从凳子上站起来，把瓶子砰的一声放到桌子上，弄得邻座的人都看向我们这边。"打住，我说的好像不对，要是下着雨，说什么翅膀啊？翅膀也不需要。"他沉思了几秒钟，然后说："算了，反正都一样。我要说的东西很明白。"

"顺便说一句，"他在告别时问，"今天我醒了就去卫生间了。等我回来——床整理好了，上面盖着床罩。而我是一个人住，"他想了想，补充说，"而我也没有碰过床。电视总是自行打开。你知道这会是什么吗？"

"想不出。"我回答。

他是个快活的小伙儿，这个导演。

巴维尔执着于自己的奇怪理论，但渐渐地我开始明白他那没有说出来的正确性。他没有特殊要求地满足于外表的相似。作为一个外省人，他也就选择了一个外省女人——一个所有人都欺负的可怜的小傻瓜。当她在舞台上的时候，他觉得一切都更简单和更易懂。他忽视了一件最微不足道的事儿——她只是在扮演女仆，但不是女仆。

就像嘴里说着"可恶的黑鬼"，冷血地射杀了在美国西部的某个临时搭的戏台上扮演奥赛罗的演员那个牛仔一样，巴维尔可笑地嫉妒着让-皮埃尔，甚至连老得掉渣的、人畜无害的药店老板他也嫉妒。我觉得他自己很难弄明白，他到底是爱上了谁——是人还是角色，是演员还是女仆，不过，在戏开场前，他总是听从剧院的通知，把自己的手机关掉。

有一次，扮演马夫的大高个走进小吃部。巴维尔粗鲁地撞了他一下，但是那人不明就里或者是不想纠缠。

"这已经不是可笑了，"我说，"你是傻瓜还是咋的？"

"不是啊。怎么说起这个？"他很老实地辩解。"我想这么做，我就做了。"

当我们回到演出厅，台上在演第二幕第二场。索菲的客人们坐在那里，或是喝茶，或是喝咖啡。

第一位客人：这个神就倒在他们的脚下，而他们全都朝天上望。而那里除了肮脏的浓云，什么也没有。

教区司祭：年轻人，您最好去参加圣餐礼，因为，在你头脑的监狱里，真理的厄运超出了上帝的忍耐，更别说上帝的仆人们了。

第一位客人：上帝的存在，您可知道，只在他所在的那里。只在他在其中认出自己的人们心里。

阿　　兰：不……不知道。

索　　菲（冲一旁）：我不觉得。

军　　官：糟糕，我好像把自己的马裤给弄破了。

令人惊奇的事情——舞台上发生的事情，会以某种不可思议的方式闯进生活里。在小吃部里，在开胶的木凳上，我也把自己的裤子让一根毛刺儿给刮破了。药店老板喜欢上了阿列克丝，他也不乐意姑娘在马厩里被人家乱摸。药店老板是个中年人，要他和像种马一样又高又壮的让-皮埃尔争胜负可不易。得知这件事后，冷酷的索菲像个胸甲骑兵一样哈哈大笑，——她是当真认为只能爱她一个人，而且把与己无关的感情都视为侮辱。巴维尔从第一眼看到就不喜欢她。有时候他会脸朝着舞台对她做鬼脸，而她好像看得很清楚。

他几乎认定我和阿拉有责任支持伙伴们的兴致。他带着令人感动的忧虑，着手计算天秤座和自己的黄道十二宫符号的兼容度，并且为此驱车去了一个什么私人开的神秘处所见星象师，在那里和一大堆预测一道开给他的还有一张超出寻常的账单。多半是他确实害怕和她独处，害怕说出什么多余的话，他更乐意朝服务生和酒吧侍者开口。

月中，哥哥因为有什么事情过来了几天。这是一个年过三十岁、个头不高的男子。他的外表毫不出众，也不吓人。他明显有些谢顶，因此头发剃得尽可能的短。两旁锃亮的秃额角接续着倾斜的、被凸起的眉骨补足的额头。右手腕上围着根粗大的金链，不时滑到手上，衣服穿的是深色的竖领衬衫、一丝不苟的黑色西服和同样的裤子。他几乎没说什么话，一副淡漠的智者模样；看待一切都带有几分惫懒，甚至是孤僻，就像展览会上那个被称为天才的人。按巴沙的话说，什么事情都不可能让他吃惊，哪怕是第二次降临。看来，如果他遇到了外星人，也会用饱经风霜的狼那种平静的眼神看着他，并用只有外星人一个人能听到的声音低声说：见者有份儿，小伙子们。

哥哥在莫斯科期间，巴维尔忘了剧院，忙得昏天黑地。哥哥住进了"巴尔丘格"，在市里开一辆黑色的BMW7系。两个小伙子跟着他——他们要更与众不同一些，有着结实有力的双手，食指和中指关节处有红色的硬茧子。

阿拉从未见过哥哥，他也不招她喜欢。这一发现加速了她换工作的决定。她有一大堆熟人都是过着类似的生活。白天他们全都在一些什么公司工作，而夜里则占据娱乐广场，不去想下周以后的事情。她到处都能遇到他们——甚至在地铁里，如果她坐地铁的话。巴沙不在，我开始闷得慌，于是送过她几次。我们在办事处碰面，然后去寒冷的市中心散步，或者在某处喧闹的咖啡馆里坐到深夜。她喜欢热闹的地方，震耳欲聋的音乐，有许多人的那种熙熙攘攘、人头攒动。逍遥自在像流感一样，是会传染的。她曾经对我坦白说，夜生活要有趣多了。

"我对一切都厌倦了。"她喜欢说，然后就去跳舞了。

年轻的小伙子们——往好听里说——都感兴趣地盯着她看，但是后来发现了我，就不可置信地摇摇头。她当着所有人的面旋转、抽搐、扭动，所有的人都不由盯着这个舞蹈看。然后她抛下一切，不等歌曲结束，在音乐持续的呻吟和跳跃声中，冷漠地看看周围，在众目睽睽之下，回到自己的座位上。但众人的目光并没有放过她，而是像黏在衣服的布料上以及更进一步——长到肉体里去的口香糖一样，像黏稠的蜂蜜一样，像麦芽糖一样，拉得老长。

古老的高树在差不多八层楼高的地方沙沙作响。院子里是一个儿童乐园，有秋千、小丘和三张围着沙坑的椅子，沙坑里落满黄色和褐色的叶子。在秋千后面的小空场上，两个小伙子正激烈地打着羽毛球，而边上一条毛茸茸的小狗蹲坐在后腿上，一双忧郁的、很有耐心的眼睛观察着飞来飞去的羽毛球，聪明的小脸儿一会儿朝向这边，一会儿转向那边。像闪亮的纽扣一样的湿乎乎的黑眼睛从额毛下面信赖地望着我们。

"你好，萨夫卡。"阿拉跟小狗打招呼。

两个打球的人都看了看萨夫卡，想知道它会如何回应。

小狗开始摇尾巴，并亲热地坐不安稳起来。打球的人看自己的宠物这般的懂礼貌，感到很满意。

"小型西藏梗。"那个高个子，应该是这条狗的主人，骄傲地告诉我，他穿着旧运动裤、挂胶防水衣，戴着有绒球的帽子。

"事业顺利吧？"阿拉到底还是对狗的主人说了一句。

"我们哪有什么事业啊？"高个子怒气冲冲地高声说，然后就去发球了。"我们那都是小玩闹儿。"他又高又瘦,就像那个著名的拉曼恰绅士①。

"你该经常望望天空。看看星星。"阿拉马上建议说,从他那儿拿过球拍,笨拙地把球打出去。

高个子阴沉地、蹙额地看了看被破烂不堪的云朵遮满的天空。

"三十年净干这个了。这就是结果。"他毫无惭色地展示了一下自己那被虫蛀了许多小洞的裤子。阿拉把手指伸进了其中的一个小洞里。

"季姆卡又没领到工资。"高个子说。

"那又有你什么事?"阿拉笑问。看得出来,这样的谈话在这里经常发生,而且是有意如此,要么是作为一种安慰的形式,要么是作为一种消遣。

高个子意味深长地一笑,而萨夫卡打了个哈欠并伸出舌头舔了一圈儿。

"给点儿钱吧,"高个子请求,"买包烟。"

"给你,"阿拉拿出钱包说,"你要多少,阿尔封斯·都德②?"

高个子毫不客气地往钱包里看了看,从里面小心地拽出一张纸币。

"下周就还。"他允诺。

---

① 指堂吉诃德。——译者注
② 都德(Alphonse Daudet,1840—1897),法国写实派小说家。——译者注

他还没说完，萨夫卡就呕吐了。油浸熏制黍鲱鱼罐头还没消化，鱼儿像在罐头盒里那样，一个挨一个地躺在柏油路面上。

打球的人相互看了看彼此，不知所措地半天没作声。

"因为不该留在桌上的，"高个子说，并且摇着头，"你把狗给毁了。"

另一个打球的人，在这儿人称季马大尉，对此未置一词，呼哧着走向羽毛球。他做这些时严肃而费力，仿佛在完成一件并不轻松的工作。我们也往楼门口走过去。

"谁呀，这个季马？"我感兴趣地问。

"噢，一个发小儿。一起长大的。也住我们楼。他是个军人。"

"那这个高个儿呢？"

"也在这儿住。他曾经是个雕刻家。"

"什么叫曾经是啊？"我甚至呛了一下，"他怎么，是区委会秘书还是怎的？"

"不知道，"阿拉一摆手，"曾经的。他自己就是这么说的。"

"那么他现在是什么人呢？"

"不知道。就待着。两个都是可怕的悲观主义者，"她说，一边从包里掏出钥匙，"你以为他们在打羽毛球吗？"

"不然呢？"

"他们这是在向彼此发送不幸。'彼此交换，你明白吧。'当他们有什么不快时,他们就这样打羽毛球。总是这样。"

"他们喝酒吗?"

阿拉想了一下。

"并不。就像大家一样。他们打羽毛球,你自己也看见了。"

在我们坐着的房间里有两扇窗户,从其中的一扇我们能清楚地看到大尉和曾经的雕刻家。

书架上是一个个缎子做的小枕头状软垫,上面别着苏联时期的奖品:几枚东欧城市解放纪念章和一枚红星勋章。软垫后面露出海涅作品集的绿色书脊。我在这个书架边停住。

"这是我奶奶的。"阿拉发现了我的兴趣,说。

"那她人在哪儿呢?"

"在别墅呢。她一年四季都在那儿。"

"连冬天也是吗?"

"即使是冬天也是。"

"你真美。"我不加掩饰地说。

"啐一下。"阿拉回答。

我们一齐在桌子上敲了敲。[①]

"这是真话。"当弯曲的指关节的敲击保障了她的美丽之

[①] 俄罗斯习俗:听到称赞自己身体健康之类的吉利话,俄罗斯人会立即阻止讲下去,并用手指在桌上敲三下,把脸扭向左边,连啐三口唾沫,表示"消灾"。——译者注

后，她轻易就同意了。我们站在窗前并做出一副等着打球结束的样子。

大尉和高个子雕刻家还在空场上。他们的争论在渐浓的黄昏里借着院子里的路灯继续着。白色的羽毛球一会儿从一个人那儿疾飞向另一个人，一会儿不情愿地、懒洋洋地落到黑色的水洼里，像跌进蜘蛛网的螟蛾一样，轻微地震颤着，在那里停留一会儿。萨夫卡跑近前去，试图用牙齿叼起它，同时努力地不弄湿爪子。

球打完了。

已经是冷清的夜里两点多了。我们躺在床上却不能让身子暖和过来，尽管屋子里很暖和。墙上的石英钟的秒针单调地嘀嗒着，绕着发亮的圆圈走着，时时像腿不打弯儿的卫兵那样顿上那么难以察觉的一小会儿——我们称之为时间的东西那难以察觉的份额。

"为什么他们不睡觉？"阿拉问。

我已经想出了一个感人的答案——真正的抒情插笔。对于那些不喜欢活在当下的人来说，最适合的时间就是夜晚。在夜里，过去变得更清晰，未来更具诱惑力。一个小时和另一个小时很相像，你可以像创造梦幻一样，自由地创造自己的生活。夜晚——这是一张白纸，而白天——只不过是日程表。我想说这个，或者诸如此类的，但阿拉抢在了我前头：

"你怕死吗？"

"已经怕了。"我说。

毫无疑问,这样的回答在这种情况下似乎会有两种解释,但我在这里更多的是指事情的自然进程,而非突然改变的安排。

"而我不怕,"阿拉直截了当地说,"我怕老。"

她的皮肤散发着某种知名香水的气息,这种香水每天都在到处做广告,于是我——在心灵最深处——觉得自己受骗了。

"是啊。"我冷笑了一下,想起坟地上已经长满荒草的许多代人的座右铭来:"活得快,死得早。"

"也许吧。"她支起手肘。"我看着老年人时,就觉得可怕。也可怜。可怜他们也可怜自己。"

我们沉默了。听得见厨房里水从龙头里均匀地滴落到水池里的声音。窗外猛烈起来的风在摇动着槭树那根弯曲的、多生木瘤的树枝,它便在阳台上不安地摇曳。

"可怜自己什么呢?"我问。

"我会活得很久……"

我直视身前。树枝黑色的影子在壁纸上月光冷凝的方形里摇动着。洗手盆里水在滴落。

"有谁不怕它呢,这个老年。"阿拉说罢,重又仰面躺回去,一头卷曲的浓发铺满了枕头。

这一切都可能是爱情。

我已经不记得,是谁第一个提议去郊外的。我认为是我提议的。恰巧这些天我给巴沙讲的是《塞瓦斯托波尔故事》以什么而著称，并把《哥萨克》翻译成城市底层的语言。之前已经出现了《战争与和平》和《安娜·卡列尼娜》的巨大而难以攻克的大块头，像第四要塞一样，因此产生了把有益的和可爱的相结合的想法。既然我们打算去郊外，为什么不亲眼看看它们作者的栖身之所呢，更何况，乘坐好车到雅斯纳亚·波利亚纳的话，车程根本就不算个事儿。姑娘们对我们的想法很理解，并且甚至答应带上暖瓶。

第二天，我照说好的，八点半就去了办事处，因而成为一幕有趣的事情的见证者。

办事处有一位来访者。略一沉吟，我认出他是"展览馆"馆长。这个人瑟缩着坐在那儿，他好像发冷似的。他的手指揪着下巴，揉搓着脸颊，挠着后脑勺。特别白的额头布满细密的闪亮的汗珠。

"我的那个医生，母狗，没在家。我按铃，按铃，没在家。药方也没有，都说好的，母狗。"他重复着，就像上弦的玩具一样。"我去了卢比扬卡，没人，只有警察——巡逻队一队接着一队。"他呼吸沉重，有些不由自主。

"你该戒了。"巴维尔严厉地说，但那人不见得明白他的意思。最终他躺倒在暖气片下面，膝盖顶着没有刮过的下巴，不动了。

巴沙带着坚毅的平静观察着他，但当神秘的病痛使尤拉额头触地时，沉着背叛了他。

"见你的鬼，吞吧，"他没忍住，扔给了尤拉一个小盒子,"你真该死。"

尤拉本能地咕噜着撕开包装盒,里面是一些淡褐色的胶囊。振奋起来的他把它们一个接个从凹槽里挤出来,他的动作有点给像自动步枪弹盘上弹夹。

等手心里有了一把这种胶囊,他把它们扔进嘴里并喝了一口矿泉水送下——桌上有一瓶纳尔赞矿泉水,然后坐到沙发边缘,用牙齿从烟盒上扯下一块硬纸,卷成一个筒,又破开一个胶囊,把白色的粉末直接倒在手掌上,把纸筒塞进一个鼻孔,按住另一个,用鼻子使劲吸了几下。

纸筒在手掌上又来回移动了几秒钟,等粉末吸尽了,尤拉用瘦骨嶙峋的手盖住了脸,手腕上晃动着一只大得离谱的手表。他一动不动地坐了大约一刻钟。巴维尔不时喝一口加了香柠檬的茶,带着嫌恶的表情观察着他。

终于,尤拉站起身拉住了门。他向我们扭过头来,用混沌的目光宽容地打量每个人。

能怎样?出生了,就活下去
临到腊月,棉絮塞紧窗户
再用一张纸条糊住那窗缝
待匆匆过了冬,朝忘川之中
扑通!然后哪儿找我们去?①

---

① 【俄】谢尔盖·利马尔(Сергей Риммар)的诗句,出自诗集《尘世的摇篮》(Земная колыбель),沃罗涅什,2008年。李易雨簏译。——译者注

他吐字清楚地念道。

"你还有什么夏天①啊?"巴维尔扯开嗓门说,然后喝了最后一口茶。

"这是那么一条河,每个人都会在里面裸泳一回。"我难为情地说。"我看,你这里整个儿就是个医疗站。该在报上登个广告:'麻醉品瘾紧急救治'。你自己也嗑吗?"等尤拉走后,就剩下我们两个人了,我问道。

巴维尔心不在焉地看了看我。

"人们不会用自己的货找快感的。"他教训地说,好像一个大资本家撞见儿子在读社会主义小册子,对不明事理的儿子说话一样。

这之后我们马上离开了,顺路接上了阿拉和克谢妮娅。这是一个休息日,天气好得让人突然生出疯狂的希望——秋老虎就要再次出现,四季即将倒转。

既没有风,也没有雨,树还保持着最后的叶子。林子里散发着湿润的气息,而在花园里则是苹果的香味,连道边的草也是湿的。

天空厚而匀地涂满灰色的、没有一丁点缝隙的云层,我们在这压低又干爽的天空下行驶。道路在田野中间铺展开去。画面上偶尔会出现村庄。房后苹果树弯曲的裸枝上一些晚熟的果子还是绿的,树叶掉光的花楸树守着自己那一串串绯红的果

---

① 俄语里,"忘川"和"夏天"两个词音形相同,义不同。——译者注

实；在有栅栏围着的房前小花园里的某个地方，菊花的花朵斜斜地支楞在高高的、被恶劣天气折弯的花茎上，凋零的叶子打着卷儿。在灰色的栅栏边上，在小阁楼的注视下，放着些装着土豆的桶。靠近莫斯科的地方还有阿斯特拉①，而当奥卡河那铅色的缎带宽阔地闪现时，就只剩下土豆了，并且在道路两旁，不时被远处的小树林打断的田野重又在广阔的空间里延展，一些地已经翻耕过了，另一些还带着些许干燥的庄稼茬。

路上，我着手构筑通往《战争与和平》和《安娜·卡列尼娜》的高墙的围攻工事，但因为不是只有我们俩，所以这一课动不动就偏离到其他一些题目上去了。

"你看，平原我们也有，山也有……"巴沙说，一边很有兴致地打量着景色。

"也有泰加林。"阿拉瞪大眼睛，做出恐怖的样子，但别人没懂她的意思。

恰巴像倾盆大雨来之前的燕子一样，在左侧的车道上飞驰，前方的车纷纷打着转向灯，向右侧躲。

"也有泰加林，"巴维尔重复道，"我们什么都有。需要什么，都有。"

"为什么需要呢？"

这个问题无人理会。接近图拉时，苹果变得越来越多了，它们堆放在路旁的沟里腐烂着。

---

① 菊科草本植物。——译者注

"我很久没回家了，"巴沙又开口说，"春天一定得要走一趟。姑娘们，咱们去吧？去抓鲑鱼。"

"那儿有什么呀？"姑娘们感兴趣了。

"有鲑鱼。"

"还有呢？"

"那儿什么都有。有山。如果爬高点，知道那儿怎么样吗？这边是雪，但是三米远的地方就开着花。"

"什么花呀？"

"一些很小的，"巴沙解释说，"美丽的花。"

"咱们去吧。"阿拉决定了。"我要滑雪。那儿有升降机吗？"

巴沙看起来是想入了迷，漫不经心地看了她一眼，但是当我听到说升降机时，不满控制了我。

"可我要采花。"克谢妮娅认真想了想，说。

"哎呀你啊，奥菲利亚来了。"我慢吞吞地说。

"没懂。"巴沙说。

"我熟人家的猫叫奥菲利亚。"克谢妮娅说。

"而我熟人家的叫蚂蚁。"

我们彼此交换了一下眼神。

"为什么是蚂蚁？"

"就是这么叫的。"

"我们好像让这些个猫给绊住了，"我说，最终我转向巴沙，"听我说，要是你看到谁拿着花，你就说：'哎呀你啊，奥菲利亚来了。'"

"嗯——嗯，"他不信任地嘟囔着，"这是为啥呢？"

姑娘们勉勉强强控制住了自己的情绪。

"恰巴，记着点儿，"巴沙说，想了想，录入了电子笔记本，"不，一切都清楚了，但是究竟……"

十二点时我们到地方了。留恰巴在车里，而车在停车场上，那里已经有几辆旅游巴士在候着了。我们顺着池塘，沿着湿漉漉的小路走过去。柳树弯着腰，对着黑色的水面顾影自怜。在它们的倒影上面落着发黑的树叶，一张像破渔网一样的银丝织就的蛛网挂在那儿。

"为什么小路湿漉漉的？"巴沙问，"也没雨呀。"

谁这不知道这是怎么回事。

在售票处，巴沙敞开自己的衣袋，并开始在一堆支票里面翻找。

"信用卡，信用卡，"他沮丧地说，"就是没有卢布。"

"我有，"我安抚说，而阿拉不赞地摇着头。

"我就不明白，我们是到纽约来了还是怎么着？"她问，但是巴维尔明智地没吭气。

我们在鞋的上面套上大大的便鞋，在静默的女管理员们警觉的目光下，高抬着腿，在各个房间里转悠了差不多四十分钟。

"过得很简朴。"在把用过的便鞋丢到立在入口处、和一些绿色的长椅并排的木桶里时，巴沙指出。在其中的一张椅子上坐着一个老头,在吸烟斗,但烟斗没点火,可是从衣服里,从他的右手肘下面,盘旋着一缕青烟。看来是烟斗里的火星被直接吹到他的衣袋里,然后布料冒烟了。

"你烧着了,老爷子。"巴沙告诉他。

老头把一双清澈的浅蓝色眼睛投向巴沙,抖落了一下短外衣。炭火掉在椅子下面,和湿地儿一接触,咝咝作响。

"烧着了,就不会烂了。"他一脸严肃地说。

"那么,"巴沙四下里看了看,"这里还有什么要看的吗?"

"你们到科恰基去吧,"老头插嘴说,"你们还没去过科恰基的教堂吧?"

我们摇头。

"托尔斯泰家族都葬在那里。"他通报说。

"那他本人葬哪儿了?"巴沙问。

"就往那边,"老头用自己的烟斗一指,"那不是路标嘛。"

我们谢过老头,就往指示牌尖头所指的方向走去。

列夫·托尔斯泰的墓在林荫道的尽头,在公园最远的角落里,那里没有路了,无人照管的树林沿着荒芜的峡谷向下延伸。树林空旷,回声很大,就像没有家具的住宅。

原来,墓地就只不过是一个平头直角的小丘。小丘上长了草,而且一些草茎伸向不同的方向,就像光秃的后脑勺周围乱蓬蓬的一绺绺头发。

"我们那儿也是这样安葬的。"巴沙说。

"这样是怎么样?"

"就是这样。"他冲着墓地点了一下头。"没有坟茔。就直接埋在院子里。"

"怎么着,"阿拉再次问,"就在房子附近吗?"

"我都说了,就这样。"他用双手指着自己的脚下:"离家门口二十来米吧。"

"真是个好习俗,"阿拉微微一笑,然后四下环顾,"我想知道,这里有厕所吗?"

"厕所有,我们路过了。"我说。

我们往回走,又来到通往沃尔孔斯基厢房的交叉路口。右手边是一排排整齐的苹果树。在花园边上,装满苹果的箱子一个叠一个地摞成沉重的金字塔形,呈现一片黄色,树干那边还扔着一些空的。箱子是一个带拖车的小拖拉机运来的。我们每人拿了一只苹果,朝阿拉和克谢妮娅走远的那条小路望去。林荫道上出现了一个穿西装的年轻人,闪亮的皮鞋小心地迈过水洼,从我们身边走过。他拎着一只装着各种颜色的阿斯特拉的桶,我们没过脑子地目送他走过去。周围即便没有这个年轻人,也有很多有趣的事情,然而运动着的物体总是比意味深长的一动不动更吸引注意力。

"哎呀你啊,奥菲利亚来了。"巴沙大声地说。

我四下看了看——除了这个年轻人,没看到任何人。

"这个用在这里不合适,"我说,"这是他,而不是她。"

我们的姑娘们出现了。巴沙咬下一块苹果，嚼了几下，想了想又把它放进了西服口袋里。

"这也算苹果，"他鄙视地漫不经心地说，"那怎样说是对的？她是奥菲利亚，莫非他是奥菲利？或者怎么着？"

我没能搞清楚，他是装傻还是在认真地说。

"如果是他，那就是哈姆雷特，"阿拉走到跟前，说，"你就是哈姆雷特。我们任命你是哈姆雷特。只限今天，以后看情况再说。"

到车那儿的路程我们是默默地走过去的，并好奇地四下观望——花园还有一个覆盖着一层绿色浮萍的池塘。但是到了车里，所有愚蠢的玩笑就又接着开了。

"那他是谁呢？"巴维尔用手指着我问阿拉。他已经明白大家在笑话他了。

"他嘛……"阿拉询问地回头看克谢妮娅："哎，是谁呀？……"

"那他就是福丁布拉斯。"她转回头朝我伸出一只手。"你来掌权。"

"舞会，"克谢妮娅说，"我想跳舞。"

"哀悼会。"阿拉并未停止。

"愚蠢的玩笑。"我不满地说。

"这可不是玩笑。这只不过是愚蠢。"阿拉宣布。

"他们怎么，是美国人吗？"巴维尔好像随便一问，接着就又开始摆弄那个不幸的北方苹果去了。

我们面面相觑。

"谁呀?"

"哦,就是这些……福丁布拉斯,哈姆雷特……"

"英国人,"恰巴来了一句,"这个,他叫什么来着,就是编出这一切的……是个英国人。"

十五分钟后,恰巴把我们载到了科恰基。教堂坐落在铅色的弯折成弧形的池塘边上。沿着堤岸的斜坡乡村墓地相互紧挨在一起,远处靠边上的坟茔隐没在高高的野蒿之中,而近处的靠近水边的则长满了芦苇,透过芦苇茎隐约可见生锈了的栅栏和倾斜的十字架的横木。再往远处,在水域的另一面,空旷的菜园延伸到建筑物跟前,菜园里这儿一堆、那儿一摊地堆放着土豆茎叶。有些烟囱里冒出了似有若无的烟雾,在房顶上摇晃一阵,便消散在阴沉的天空中了。到处都不见人影,只有一个男人穿着棉袄,像白嘴鸦一样,在菜园里沿着田埂在溜达,不知出于什么目的,拿着根棍子往田埂褐色的软土里戳着。

"咱们走吧,恰波奇卡。"阿拉召唤。

被叫的那人看了看墓地,瑟缩了一下。

"不,"他说,打开了无线电收音机,"我最好还是在车里等吧。通常我没事不来这种地方。只在有事的时候才来。"

我们走过去,站到栅栏紧闭的铁门旁。栅栏后面围绕着教堂也有一些坟茔。这些要豪华一些,有纪念碑和墓碑。在它们中间,靠近尽头的墙壁处,有一些花坛,裸露着黑色的土壤,土上还倒伏着夏花干枯的残迹。

一辆微型面包车开过来,几乎顶到栅栏了才停住下客。乘客中就有先前拿烟斗的老头和我们在沃尔孔斯基厢房那儿见过的年轻人。老头亲切地看了看我们。司机跟在他们后面下来,拿出一桶阿斯特拉。

不知从哪冒出来一个女服务员——一个穿着洗得发白的紫色大褂的中年妇女,这样的装扮一直以来是清洁工和看门人穿的。

"我这就把教堂打开。"她兴高采烈地说。

她哗啦着钥匙,走到包着铁皮的沉重的大门跟前。铁皮刷着银色的漆,这漆的流痕在下面形成浮雕般的流苏状的凸起,上面带着一排排上了色的铆钉的把手。门扇吱吱嘎嘎地响着,朝门廊里面缓缓移动,消失在半明半暗之中。

她快速把腐叶从教堂前的台阶上扫走并在门槛处铺上一块湿抹布。

一开始所有人都在一起,一个接一个地绕着每个墓走一遭,司机跟在他们后面,拎着装有阿斯特拉的桶,他们从桶里拿花,往每个墓碑上放两支。然后他们就散开了,用棍子拨拉开落叶,辨认着这些古老的、由于自身的重量和时光流逝而下沉到土里不复端正的多孔石上的题词。两个中年男人从我们身边走过。

"……这是那个死在巴黎的谢尔盖·尼古拉耶维奇吗?"

"不是,是那个死在温哥华的。"第二个人回答,并快速瞥了我们一眼。"而这个……"他们走远了,也随身带走了话尾。

发动机的响声宣告了新的拜谒名人者的到来。拉他们来的是一辆极其老派的橙色汽车。这是一大家子——两个女人、一个小男孩和一个身材魁梧的大肚子壮汉。他们像一个人一样看了看巴沙的车、微型面包车，带着空洞的笑容打量了我们一番，然后一个跟着一个，绕过教堂前的台阶，穿过第二道门往栅栏外面的乡村墓地去了。那边，在古老的杨树枝叶繁密的树荫下，他们围着一个墓，停留了很久。

穿紫色大褂的女管理员几次从暗处走出来，向外面的客人们张望，一只红色的手里紧握着钥匙串。但不管是她还是对教堂敞开的门，谁都没加理会。坐微型面包车的人们四下散开，跟先前一样转着名人墓地，一个人在用摄像机拍摄。

大概，我们大家想的都一样：这里有座谁也不需要的教堂。这里每个人都有自己的神明。

"咱们进去吧？"巴维尔向教堂额首示意。"不然不好。"

我们犹豫不决地踌躇着，就像中学生似的，用胳膊肘互相推搡着。

"如果门开着，"他说，"那就该进去。"

"可是它不是为你而开的，而是为他们。"我反驳说，但没有马上醒悟，我说了多么愚蠢的话。

"我今天不行，"阿拉不好意思地说完，低下了头，"再说也没有头巾。"

克谢妮娅默默地抽着烟。"安宁卡。"看着她，我习惯性

自学成才的人们

地想。

"那随你们的便吧。"巴沙说完,走进了教堂。

我们紧张地看着他的背影,好像他是去打仗并且可能一去不复返了似的。参观者们结束了献花,三一群俩一伙地站在小路上。有几个人在说法语。

"说的什么?"我问阿拉。

她开始倾听。

阿斯特拉太多了。司机把剩下的花抽出来,把桶放进车里,把花束放在围栏的台上。

"我不懂,"最终她说,"太远了——听不清。"她的脸上落着一道阴影,她皱起眉,于是我明白了,这不是真话,她全都听得很明白,但因为某种原因不想说。

当说法语的人们从旁边路过时,她扭过脸,像是要换个话题似的大声说:

"别忘了明天给我洛赫维茨卡娅[①]。你说过你有。"

拜谒名人者们坐进了微型面包车打道回府。又过了几分钟,另一些人也坐上了自己的"莫斯科人"。我和阿拉以及克谢妮娅沉默不语地在教堂的院子里走来走去,透过交错的树枝望天,等巴沙。终于他出现了,跑到我们跟前。

"给点钱。"他压低嗓音请求道,并小心翼翼地回头看。

阿拉拿出钱包,惊慌地递给他几张纸币。

[①] 玛丽亚·亚历山德罗夫娜·洛赫维茨卡娅(1869—1905),俄罗斯女诗人。

他重又长时间地消失在教堂里了，而后来再出来时已经是和女管理员一道了，手里还握着一把蜡烛。走到车跟前，他把蜡烛交给了恰巴。

"那里葬着一位圣女。人们从四面八方来拜谒，"女管理员给他讲着，"从图拉，从卡卢加，谁有什么病或者有什么不幸的，也……她马上要做新娘了，却走了，去服侍上帝了。"

"为什么呀，干吗走了啊？"我们问。

"去服侍上帝了。"女人解释。

她把我们领到栅栏外面的乡村墓地，领到橙色"莫斯科人"的乘客们刚刚参观过的墓跟前。脚下有一个像托盘一样的长圆形烛台，上面有三排套着有机玻璃帽儿的钉子。在几根钉子上竖着点燃不久的又粗又高的褐色蜡烛。墓碑上搭着一条像披肩一样的白色窄巾，上面有些不很鲜亮的、有些褪色了的图案，两端有流苏。

一张像风干的梨子一样布满皱纹的、围着白色头巾的老太太的脸从椭圆的照片上望着我们，一双善良的眼睛在脸上的皱纹里闪着光。

"她去洗衣服，就在那儿，她，圣母，就向她显现了。然后，她从此就拥有了这种能力——让人痊愈。"女管理员喃喃地说。

"那她说了什么？"巴维尔问。克谢妮娅扯了扯他的衣袖。

"圣母，孩子，圣母，神的母亲。"女人重复之前的话，一边不知第几次地划着十字。

巴维尔没再问了。

阿拉和克谢妮娅一言不发地看着照片。她们的脸上浮现出某种忧虑，某种微弱的和难以捕捉的回忆，仿佛她们在努力地从记忆深处唤起什么遥远的和早先的东西，如同没有着落的梦的碎片，但是这种表情甫一出现便迅速消失了。女管理员艰难地俯身到墓的上方，从平面上拂去了几片从树上飘落的叶子。

"敌人很厉害。"她叹了口气，并像是怀疑能否战胜他——这个由来已久的看不见的敌人——似地摇着头。

白天，天气一直不错，但到傍晚时分却变天了，绵绵细雨下个不停，一忽儿大起来，砸得人生疼的雨点倾泻在地面上，一忽儿又停上一阵。我们告别了女管理员，缓缓地朝汽车走去。本不想回望，但脑袋不由自主地动辄扭过去。在进到整洁的车厢里之前，我没忍住，扫了教堂和墓地最后一眼。再过几个小时这里就夜幕降临了：余晖消融不见，一切都将沉入黑暗之中。村庄上颤动着零星的、扁平晕开的灯火，风摇晃着杨树柔软的枝条和槭树柔韧的枝条，把多孔石上失色的落叶扬起、刮走。新的树叶——被雨打得又湿又沉，将从上面掉落下来。阿斯特拉将在贵族们冰冷的墓碑上蜷缩，未卜先知的农妇的烛台上即将燃尽的蜡烛那笔直的烛光将摇曳起来。那米拉–利基亚的神迹创造者，披着石质的、在肩膀处已经被时间和风雨磨破的长巾，仍将一如既往地用浑浊的、裂了纹的眼睛看向黑暗中荒芜的道路。

去旅游时总是比旅游回来更令人愉悦。我们觉得没精打采，安静下来，默不作声地看向不同的方向，但后来，在类似于姜尼·罗大里①书里的贫民窟一样的路边小店里吃了些泥肠，喝了些啤酒后，就又快活起来了。巴沙一再邀请去他的村子，于是幻想重又在我们身上介于脖子和第七节脊椎之间的某处运转起来了。真想这路没有尽头，真想驶向更远的地方去，在广袤的天地里、在朦胧的旷野中飞驰，见识一切，用眼睛触碰一切。

路在田野间伸展。它的画卷像没有尽头的消防水龙带一样捯开去。苍茫的夜色溶解了车灯光，在这片光亮里——两道平射于车轮之上的光柱中，旋转着铅色的雨点，像日光下的尘埃一样。残留的快乐蒸发了。这回它是彻底沉寂了。在没有星星的天空中看不到一点儿透亮的地方，目光所及只有形状不规则、边缘不整齐的暗黑的凝块——那是云的浮雕。我们都沉浸在自己的思绪里，每个人在想自己的心事。我想的是，马上又要到冬天了，漫长的，沉闷的，世界在某个时间段将变成黑白的，在前面等候着的是很多很多阴沉、黑暗的日子，我们将要在这片黑暗中挣扎，就像在当头蒙上的黑色罩单下手抓脚踹一样，在这罩单的反面则缝着用锡纸匆促剪成的星星和月牙儿。

---

① 姜尼·罗大里（Gianni Rodari，1920—1980），意大利儿童文学作家。——译者注

恰巴默默地、专注地开着车,他的头像高傲地致意那样低向胸口,在不时有斜坡的公路上保持不动。风从田野里来到路面上,无声地蹭着车窗,像吸盘一样黏在车帮上或者在底盘处盘旋,然后疾驰到田野张开的无底洞去,重又返回来,在车轮下盘桓,从车胎上舔下一块块湿泥,而后像个顽皮的小男孩一样,用尽全力地挤压车的一侧,努力想把这铁家伙从路面撞到黏糊糊的泥泞里去。

在这片黑暗和无声的寂静中,一些偶然的想法与过去的片断混合成异乎寻常的大杂烩。

接下来的两个月,当太阳完全被驱逐出我们那肮脏的天穹,而云和透湿的大地还没来得及交换水气的时候,留在我记忆里的要么是荒诞不经和醉意模糊的化装舞会,要么是毫无意义的发疯的狂欢,一连串千篇一律的日子——千篇一律得就像在地板上乱滚的项链上的珠子。

我们在寒冷的莫斯科兜圈子,就像绕线团那样——其实这个形象早在印刷机发明之前就已经过时了。我从自己的篮子里要么抽取出犹杜什卡①,要么是克列缅京卡·德·波旁②或者吊死鬼斯塔夫罗金①,于是我们就一起在勉强透过贴了膜的汽车窗玻璃的灰色天光那看不见的光线里,弄清所有这些不幸的人、苦役犯和妓女、自己时代的主角、宽容待己的大学生、一辈子积

---

① 【俄】谢德林的长篇小说《戈洛夫廖夫老爷们》中的人物。——译者注
② 【俄】谢德林的长篇小说《一个城市的历史》中的人物。——译者注
③ 【俄】陀思妥耶夫斯基的长篇小说《群魔》中的人物。——译者注

攒大堆垃圾的可笑的吝啬鬼、温厚而不失善良的白痴，——总而言之一句话，所有那些因为没有足够的爱而在这个世上活不下去的人，或者是那些爱心泛滥的人。

"也许够了吧？"我每次都询问，但是巴维尔继续固执地要听涅多特科姆卡[①]的游历。

我们又去看了一次"展览"，多半是因为偶然出现在附近的原因。所有的画绝对是重复的，只是塑料杯里这一次装的不是红酒，而是啤酒；白色的墙壁依旧是空的，而大厅中间醒目地放着一个街头的垃圾箱，涂成挪威的民族色调，里面裹着袋子。在它周围聚集着人群，往里面丢烟头儿并饶有兴致地观察着，火苗是怎样贪婪地吞下气味难闻的过滤嘴的。谁都不需要的巴沙带着自己的"套索"[②]威严地在大厅里踱来踱去，以科学和文艺事业的资助人自居。我模糊地觉得，在所有这些垃圾箱和树枝背后，隐藏着某些历尽苦难悟出来的意义，要不就是轰轰烈烈活过的生活，但是要看清它们，我既没有愿望，也没有力量，主要是没有能力，因而在不知不觉走到户外时感到了不可言喻的轻松。

为寻找真正的艺术，我们在冻僵的城市里到处奔波，然后着手寻找自我，从一个酒吧转战到另一个酒吧，倒空一个个沉重的大肚子带把儿的杯子，往自己肚里灌进大份儿的、闻名全世界的那种适度起泡的饮品。

[①]【俄】索洛古勃的长篇小说《小魔鬼》中的形象。——译者注
[②]指领带。——译者注

我们关注的对象依旧是俄罗斯文学，但是我时而会将世界文学的一些杰作拧接到这个主干上，几乎每天都重读点东西，就发现我自己也远不是全都懂。巴维尔对一切都感兴趣，他努力全都记住。他的看法并不以灵活见长。

　　"我知道这些个婆娘，"他说起拉夫列茨基的妻子时说，"让她们见鬼去吧。"

　　但是在说到巴扎罗夫时他保证说：

　　"有病，有病，有这样的人。"

　　他从我的话里得出结论，因而从某个时候起有一个问题令我担忧：也许，这是我，幼稚病时代的产物，自己把自己的人物分成了善的和恶的、坏的和好的，而没有费心去描绘在艺术多样性的统一中我们所能领会的那部分宇宙？在第一节课上，巴维尔摆在我面前的关于艺术的意义这一简单的问题，繁殖成一个大问题，甚至就连过去的圣贤们很有预见地以书面形式留下来的见解，也无助于理出它的头绪。我越是思考，我能说出的坚定而不变的东西越少。

　　不仅如此，情节使我们产生一个想法：原因和后果是完全纠结在一起的，并且到处都被某种未经很好研究的非凡现象主宰着。人物好像暴动了，问题提得很果断。他们到底是谁：活物还是我们想象的幻影？他们承诺说，我们安顿在你们的身体里，从内里把你们吃掉。在你们的帮助下，我们继续我们那被作家的啃坏的鹅毛笔扯断的生命，如若你们不会同样地和我们开某种恶意的玩笑的话。这最后的补充说明中暗藏可怕的玄机。

　　他们被异常敏锐的头脑以艺术任性的方式抛到世上，产生于流泪的蜡烛的火花之中，不知所措又常常并非不可救药，他们活过或者没活过，存在过或者没存在过，事实上都居住于我们的心灵和头脑中间。我们不由自主地怜悯他们，替他们感到惋惜，即使不能为他们的健康干杯，可是也不会忘了一边为他们悲伤，一边缅怀，并且——以防万一，为了做伴——也为了自己，尽管觉得自己是人，而非小说的主人公，也可能是因为开始猜到——一切皆有可能发生。

　　于是，我们用墨西哥伏特加浇了怎样的愁，在杯沿上撒了盐的小酒盅里淹死了怎样的忧，在这白色的、容易使人产生错觉的物质的结晶中触摸到了怎样的甜和苦——我不能确切地说出来。我只清楚地记得，每到晚上，一大堆的指令在空中吵吵嚷嚷，任性的夫人用它们把自己可怜的女仆像象棋棋子那样在舞台上指使得团团转，而我们则看到，由于生气以及幸福的难以实现，那长着一个酒窝的刚毅的下巴在颤抖，那酒窝处在任何光线下都有一抹阴影，我们不敢稍动地用眼睛盯着舞台调度所精心设定的美和灯光以及人的动作看。

　　巴沙的迷恋走得有点儿远，越过了那个不可触碰的、把意图和后果分开的边界，因为在这条边界之外，生平经历便开始了。他打算做一次绝对认真的求婚，但一直拖着，一日推一日。药店老板，就算是个老头，却显得麻利多了。

　　这里应该说得详细些，但我以第一人称讲故事，所以有许多事情我也许不知道，而只能推测。

"噢，如果您知道的话，"她在舞台上说，游移不定的目光不时对上我们专注的眼睛，"我是多么喜欢奇迹啊！出生——这是非常重要的节日。只是看上去，这是小事一桩。但是他从哪儿知道这一天的呢？大概，我说漏嘴了。"阿列克丝满意地窃笑了一下。"这难道不是奇迹吗？有那么一个不认识的人对你说过的话小心在意？赋予它们以生命？永生的话语的标本。对于有的人来说，它们可能就是垃圾。就是这样。早晨令人陶醉，在太阳照耀下，空气是透明的，并且在颤动着，而整个池塘波光荡漾。我往牛奶铺去——您知道阿多大爷的牛奶铺吧，市政厅后面那个，那儿的门楣上方还挂着一个风干的南瓜呢，——那里的橱窗里有……我的肖像。"她把头歪向一边，于是她的目光——当她像一只圆规一样用一只脚旋转的时候——就在舞台上做了一个若有所思的绕行。"他怎么能够画出它来呢？要知道他只是偶尔才能看见我呀，就几次，且时间不长。原来，这如此简单——只要相信就行了……您在笑吗？……可是为什么呢？"

在自己的小城里，不管她到哪里去，到处都有她本人的画像对她微笑，就好像是在所有的广场和街道上都挂着殷勤的镜子似的。这一幕震惊了巴维尔，而且一次比一次更强烈地继续令他激动不已。他没有鼓掌，没有叫"好"，但是以如此着迷的眼神看着前方，那眼神大概留下了拉烟尾迹，尽管我并未亲眼看到。

"我们要走另一条路①。"这样的句子完全是他的风格,就像盖茨比抓住坐在灌木丛里的时间那种风格。如今,我几乎认定,我不可避免地要成为巴维尔的见证人,见证他如何将自己的贸易额增加到三倍,拾起某个文学怪人的梦想并将之付诸现实。关于艺术假定性的话我暂且搁置不提了,但是,尽管我自己仍旧把生活理解为是一种纯粹的奇遇,说话时还是变得小心谨慎多了,并且从那以后注意起自己的言辞了。

终于开始有冬天的感觉了,但是雪迟迟不下。草坪上被车轮剖开、被疏忽大意的行人的脚踢破的黏土被严寒冻结了。白天变短了,很容易就进入了灰蒙蒙的黄昏,并且一进到底,就像办公桌的抽屉一样,黑夜像一个对头似的进入城中。赤身裸体且着凉感冒了的城市在等着下雪,就像等待天降甘露一般。

有时,我们一天经过石桥好几次。一侧是矗立在褐色的河水上方、散发悲剧意味的、著名的灰色大楼那庞大的身躯。它就像被捣毁的圣殿骑士的城堡一般,立在那里,黑乎乎的一堆,分云拨雾,而每到傍晚,橙黄色的余晖从高处穿透云层,斑斑驳驳地照射在发白的石头平面上。云朵聚集在远郊的上空,呈黄色的、长长的团状,为了在早晨的时候在房屋上空扯起雾蒙蒙的、穿不透的纱帐。受到束缚的河水用平稳而有力的波浪拍击着滨河的花岗岩石阶,在上面留下黑色的、闪亮的、灵活多变的印迹。

---

① 语出列宁。——译者注

"……树林的喧闹和波涛的轰鸣——一切都汇聚成一种欢腾和威严的创造之喧响。然而人——可怜的造物,如何能被这些声响所充溢、有尊严地倾听它们呢?……做人真难哪。没有多少人能成功。"要么是神甫对昏昏欲睡的军官说的,要么就是阿兰在醉意朦胧中自言自语道。

桥的另一边,教堂的圆顶在从下面照射的聚光灯下金箔一般地闪着亮光;在高层大楼的上方,五颜六色的旗帜挂在细尖的旗杆上,在不安的风中飘动。顶部分叉的纸板墙的墙垛,像开叉的头发一样,在高楼间整齐地列队散开。在轮到我们从光明的地球表面消失时,这幅粗陋的图画便是我们能拱手相让的那最后一寸土,就像其他人放弃君士坦丁堡一样。最后的捍卫者们照例会涌进教堂并大声呼叫,呼唤自己的神,而教堂对屠杀无动于衷地作壁上观,好像这是什么都没有学会的、不明事理的孩子们的残酷的游戏一般。

不过,这般残酷无情的预言不是每天都会有的。青春的美丽和喜悦尚未彻底耗尽,驱散了报纸和新闻综述引起的沉重的思绪。这一切什么时候还会发生啊!那时我们都死了,而死人,众所周知,既不会有羞耻,也不会有绝望,也不会有沉重的思绪,因而预言已经奈何不了他们什么了。

遗嘱揭开了——爷爷把一切都留给了阿列克丝。这对于所有欺负小家伙及恬不知耻地放任自己天性中的下贱而任意支使她的人而言,当然是一场真正的灾难。真相大白,让多数人恐惧的是,这姑娘在血缘上有权继承遗产——她原来是老水手的非婚生女儿。条件只有一个：维系整个不上道的家族。

索菲病倒了，军官有些烦闷起来，他的马刺也不再那么挑衅性地铿锵作响了。对于阿兰，阿列克丝认真地替他还了债务，还原谅了很多其他的事。他是唯一带有一丝某种含而不露的温情对待她的人，就像对待女儿一样，并且没有动手打过她。

"星星不照耀我们。"阿兰望着虚空说，然后虔敬地把道具中的绿色玻璃酒杯凑近了嘴唇。

遗产几乎没有影响到她的习惯。她和往常一样收拾整幢大房子。马夫变得驯顺，最后结账离开了。想到他的手揉捏过女地主的胸部，这让他难以释怀。他把目光直愣愣地定在自己张开的、像工兵锹一样的手掌上，长时间地仔细打量，把手翻过来掉过去，然后张开第二只手，不解地移动着目光，看起来好像不确信，是哪一只手尝到了更多幸福的滋味。画家现在光明正大地来了，像普基列夫在自己那幅著名的油画上那样把手搭在胸前，耐心地等阿列克丝擦完地板，或者俯在楼梯扶手上旁观忙忙碌碌的女食客们——因殖民冒险家思虑周密的奇思妙想，这一非英雄故事里的所有主人公们全都变成了女食客。他不参与任何事，因而很幸福。

"现在可以嫁人了。"当大幕像衣裙的下摆一样徐徐下落并窸窣作响地落地时，我一成不变地说。

不错，某人敢作敢为地皱起了鼻子，但这通常是嫉妒时做的鬼脸。

"在街上人们给巴尔捷兹上校添上了胡子,而在中尉广场上也画上了短须,还有大胡子,"她用一种充满幸福感的声音对画家说,冲他仰起稚气的小脸,"是些爱逗乐儿的人,对吧?"

阿兰为了断绝自己对酒瓶的嗜好,做了十分艰难的尝试。他让人把食物送到房间吃,并且睡在二楼他自己肮脏的豪华卧室里。外表上看起来,他的存在一点也没变:仍旧是那件沙土色的西装背心,表链和小拇指上的长指甲,他用来掀起有些老旧的怀表盖子。此外,他差一点就建立功勋了——从池塘里救出一条小狗崽。但是剧本的作者比基因的发现超前地认定,一切都决定于摇篮之中,甚至还要早。一两件功绩就可以抵消良心和本性的罪过,这只是看起来像是那么回事罢了。

我不知道巴维尔对于这一点是怎么想的。

"可是她会同意吗?"我没有懒得重复自己的问题,因为这个主要的论据他没有考虑进去。

"不知道,"巴沙回答,"我没有想过。"

说这话的腔调像是在谈论一个喝空的酒瓶或者一个被吃掉的肉饼的命运一般。他有一种惊人的特性:在看到必不可少的、但因某种原因力所不及的东西时,非常沉着镇定,在街上路过时,他会指着那件物品,好像知道,拥有它,这已经存在于宇宙的秘密规划之中了,需要的只是有足够的耐心,因为一切你定会得到,只是要恰逢其时。然后,这个梦寐以求的东西,就会像熟透的果子一样,自己掉到你手里。

我已经感觉到了，巴沙终于在自己百看不厌的心上人的生日前夕想出了要送的礼物。不过他守口如瓶，只有像被挂锁连接起来的不牢固的门扇一样的嘴唇，因神秘的微笑而微微开启，这神秘的笑容让人浮想联翩。不知为什么，我开始觉得，巴维尔决定送给她几公斤的荣耀，斯特列利尼科夫毕竟写了一个极具震撼力的剧本，并且写了一个令人惊叹的女性形象——专为克谢妮娅，或者是阿列克丝，或者是小伤疤而设的角色，——为谁，在这儿又有什么区别呢？

雪在新年前的一周里落下来了，一夜之间裹住了僵硬的泥泞、染白了城市。从这天起，它已经是每天都下，停也只停不长的时间，好像急着把疏漏的补上一般，慷慨地修正自己的迟到造成的后果，用纯洁的白色覆盖了所有的表面。天空布满了雪花，变得密不透风，眼睛里眼花缭乱，被无处不在的雪光——屋顶上、雨罩上、衣服的褶皱里和微驼的肩上——刺得生疼。因雪而丰盈起来的城市变得软糯和有生气了。

好像是扔给它——这座有着温柔的女性名字的城市——一床被单或者一件袍子似的，是顺手抄起的第一样东西，并且说：给，盖上点吧。

每到夜晚，雪下得就像是下雾一样，雪花就小到这种程度。天空昏暗下来，仿佛搅浑的水，房间里不点灯也是亮的。神秘的阴影亲昵地投向墙壁，让人觉得，墙壁的平面仿佛成了不同的世界间的隔板。有时候，在深更半夜令人苦恼的瞬间，未来重新显得完美无缺又不可实现；当下仿佛黑洞一样，把一切都吸进去，什么也看不到尽头，像在开阔的海洋上看不到陌生的岸一样。

我们在一起还算快活，但这是不快乐的快活。有轨电车来或是不来——这好像已经没有任何意义了。我们的一切都明摆着了，但我们的克秀莎让我吃惊。我总是看着她，在想：她要这一切做什么呢？但是她如此忘情地灌着威士忌和伏特加，使得我开始相信，她加入到莫名忧伤骑士团里去了。在她身上还是有着某种谜团的。我对她的家庭一无所知，她从未当着我的面提及过这个。巴维尔也保持沉默——他对此不感兴趣。

有时候我们用纳闷儿的眼神相互看着，就在想：确切地说，是什么把我们拉到一起的呢？但是有金汤力，或者啤酒，或者"螺丝起子"来帮忙，于是被这些酒囊勉强鼓起的快活重新无力地燃烧起来。

有时候斯特列利尼科夫导演会出现。他是个坦白和易怒的人，我觉得他应该把控自己。一开始，出于心灵上的天真，导演要求巴维尔做出某些艺术性的结论并真诚地努力在他面前敞开自己构想的粮囤。之后，导演看起来是明白了：当一个人有钱且准备把它们花在拍摄别人的影片上时，那么就连他听都没听说过未成年的伯爵小姐的忧虑和三十岁的侍从武官的疑惑这类事，也是可以原谅他的。导演日夜琢磨剧本并不断地抱怨。

"我们的时代就是这样的……"他不时哼唧两声。"当今的现实不好写。"

"是啊，理解，"我同意说，"但是出路还是有的。说实话，情节就在您面前摆着呢。您就这么写：有个四级①'新俄罗斯人'，他觉得他喜欢一个女演员。天造地设的一对儿璧人。"

"我可不是什么'新的'，"巴维尔打断了我，"我就是巴沙。"

"那如果不是的话，就等着瞧吧。很快就能看到有什么结果。"

"就是这话，这件事总得有个结果！"巴维尔怒气冲冲地说。

"有些东西，"斯特列利尼科夫反驳说，"比如说生活这类的，任何时候都不会有终结。"

"叙事思维在这里不是好帮手——只会坏事。几个吻，一点儿神秘的事物，麻雀山上的晚霞，俱乐部的晚餐，五挡的车速——汤就做好了。主要是不能做咸了。于是您就有一部拥有所有相近的体裁元素的情节剧了。眼泪都不够使的。我和您关于这一点已经说过了，"我提醒他，"半个月前。"

他努出下唇：

"真的吗？我怎么不记得了。"

巴维尔跟以前一样在自己的破食堂吃午饭，并不介意昆虫和流浪汉们。食堂在按自己的指定用途营业，但那里已经强烈地感觉到要进行装修：墙根儿处堆着装维多利②的袋子，立着

---

① 十月革命前俄国按资本大小划分的商人等级，当时共分三级。这里意思是特别有钱的商人。——译者注

② 一种腻子的品牌。——译者注

一摞摞的桶，建筑装修公司的代表——一个穿着磨得破烂不堪的牛仔裤的中年男人拿着小本子在熏得发黑的拱顶下面走来走去，时不时抬起头，把深红色、鼻子处有些青筋的脸对着灰色的天花板，长时间地研究时间留下的美景。

关门在所难免。济娜坐在款台后面一把椅子背还不如课本高的矮背高椅上。巴维尔对装修公司代表说了些话，然后走近分餐处。济娜忧郁地笑了笑，她的眼睛红红的。

"我妈妈今天五周年，"济娜说，"悼念一下？"

"可不。"巴维尔说，不知为什么往后看了一眼，去掏兜。

"有，有，"济娜猜到他的担心，"什么都有。柳达，你来这坐会儿！"她朝隔板后面的什么地方喊了一声，一个栗色头发上戴着黑色天鹅绒发箍的姑娘坐到了她的位置上。已经没有客人了，姑娘就在那看小说，光面的封皮花里胡哨的。

我们在角落里落了座。在一张桌子上，一个穿着灰色破棉袄的流浪女在盘子里精挑细选，她的棉袄是原来的皮大衣的翻面，前襟处——胸口和肚子的部位已经摸得很脏了，而在另一张桌子上一个男人在看报纸。济娜拿来了伏特加和刚洗过还湿着的杯子。然后她去拿黄瓜。黄瓜是盛在2公升装的罐子里拿上来的，泛着一种浅淡的灰蓝色。

"'左撇子'，"巴沙念出伏特加的名称，"莫非就是那个人？"

"猜对了。"我回答。

他笑了，把瓶子递给济娜，她就小心地给大家倒酒，斟得很满。

"我们那儿的伏特加，图拉的，"她说，"我就是从那儿来的。从图拉的郊区。"

"啊，天堂一样的地方。"她感叹了一句，就慢慢地把酒干了。她胖胖的脸泛起红色的皱纹，而那颗像疣一样的痣却泛白了。"那时所有的人都进城，进城，可这儿有什么呀，这城里头？我干到退休，到退休还剩一年了，"济娜说，"噢，不是一年，也许，还要多些时候……我们那很美，"她向往地拉长声说，她的眼睛里涌出了泪花，"房子是木头的，带房前小花园……可有什么用呢？开始的时候去了卡希拉，在那住了三年。"

"奥卡河多宽阔。"想起一个词源学上的伪经，我低声说。

"是啊，怎么说的呢。"济娜看向一旁。"不管是那儿还是这儿，现如今，看看成什么样了吧，巴弗利克。"她用胳膊肘支着，拿手掌捂住了嘴，从围裙下掏出大花抹布揩了眼泪。

巴维尔摆弄着自己手机的耳机：一会儿在手指上摇晃着，一会儿像拿手榴弹那样攥在拳头里。天线的触须打弯了，钩住了桌沿儿，伸直时力道很大地震颤着。

"你瞧瞧它，这叫什么日子啊，"济娜喃喃地说，又向旁边看了一眼，"最好别活了。"

我看着那个流浪女如何用褐色的手指从盘子里捏起一撮荞

麦配菜，把它们撒进张开成一个椭圆形黑洞的嘴巴里。

"拿点黄瓜，孩子。"济娜对我说着，把罐子推过来。

我们沉思默想地坐着。巴沙已经拿起了酒瓶，但济娜用手掌盖住了自己的杯子。她的无名指上戴着一个细细的银戒指，戒指好像已经长进胖乎乎的指骨肉里了。

"够了，还得要结款呢。"

临走，巴维尔踢了装灰泥的袋子一下，我们就下楼朝车走去。

"喝了？明白了。"恰巴闻到伏特加的味道，微微一笑，但谁都没说话。

我们开着车，路边的广告牌上所有那些愚蠢的美色让我觉得前所未有的不合时宜。被蒙上大量乌云的天空令人感觉很沉重，灰蒙蒙的，压在建筑物上，并且触及柏油路。沿街的树光秃秃的，它们的细枝看上去简直就像是干枯的野蒿丛，不像别的。

前面红绿灯那儿堵车了，排气管放出一缕缕灰蓝色的气体，它们消散着，在铁的挡板和路沿上落下一层煤烟。

"全是烟，"我记起这句话，就想，"啊，屠格涅夫的发现是多么正确啊，啊，多么正确！"

我还想到，我们应该转到契诃夫了。

过了一周，斯特列利尼科夫把我们领到一个没有树木、垂直于奇斯托普鲁德林荫道的胡同里。奇迹工作室位于一幢四层的砖瓦结构的楼房里，楼房用浅褐色的赭石整修一新。在镶着压条的门上没有任何标牌——只有一个带按钮的对讲设备，侧面转动着摄像头的电子眼。旁边停着一辆小吉普车，被雪糊得严严实实。一个小男孩开了门，什么都没说，礼貌地把我们让到里面。标牌原来在门的内侧："奇迹"有限责任公司，是用不同颜色的字母写就的。"о"是白色的，"ч"是灰色的，"у"是绿色的，"д"是报纸黑的。引号和"д"是一个颜色。小男孩关上门，把我们引到房间里。墙上杂乱无章地贴满写有彩色水笔字迹和粗大的惊叹号的便利贴黄纸片。家具只有一张桌子和两把带榉木扶手的灰色转椅。台灯戴着黑色的小帽儿，从细细的支架上垂下来，弯成一个像鱼钩一样的弧。桌子后面坐着一个年轻人，头埋在电脑屏幕后面，手指像弹钢琴一样敲着桌沿。短短的深色头发整齐地紧贴在完全是圆形的脑袋上。剪得很齐的、分成羽毛状的刘海遮住了一半额头——学古罗马的风格；脸颊上长着连鬓胡。下巴被一根挨着一根的胡须的楔形部队装饰着，一只耳朵的耳垂上闪亮着一个类似于济娜的戒指一样不显眼的耳环。长得像猫似的巫师用绿色的眼睛审视着巴维尔。

"瓦西里·米特里奇！"他冲着我们头上方的什么地方，朝门孔喊了一声。立刻，一个卷发、身穿艳红色羊皮夹克的小伙子走进了房间，并把一张城市地图贴在了空墙上。地图详细得甚至超出了"内务和卫兵勤务条令"的细微程度——这里标出了树木和公园的座椅。

巴维尔长时间地看着地图，然后他的手指开始戳向它，确认尚未实现的愿望应该要开花和繁荣昌盛的地点。有限公司的拥有者认真地观察着手指的移动,并把一些小小的、上面固定着小红旗的大头针迅速插进刚刚空出来的点上。等现地勘察结束后,他后退了两步,用目光掌握全局。

"这可要破费了。"终于,他说,还挠了挠鼻子。

巴维尔只是笑了笑,看了我一眼,然后朝窗户扭过脸去。在百叶窗长长的垂直空隙里可以看到覆盖着雪的院子和从花坛里长出来的裂了纹儿的混凝土少先队员。他仰起戴着船形帽的头,忘情地在吹号角。拿号角的手肘在弯折处塌落了,于是在这个创口处露出了锈蚀的钢筋架。噗!好像骨头能生锈似的。在楼门口附近,一辆跑车在绕着花坛慢慢地开着。从完全放下来的驾驶座一边的车窗玻璃里伸出一只男人的戴着黑手套的手,手上挽着系狗皮带,一只难看的、流着口水、长着凸出的嘴脸的小狗系着皮带,可笑地用弯曲不直的爪子碎步踏地地跑着。

巴维尔重新把目光看向业主,目光里出现了阴郁的表情。

"会挂着的。"那人保证说,并把一张写有账号的卡片递给巴维尔。卡片反面醒目地用拉丁字母写着姓名,并且是塞进引号里的,就像塞进套子里一样:"Polisnichenco"。

我们走到前厅,下一间屋子的门半开着,我们往里张望一下。房间里摆放着些人体模特,有穿着古式服装的,有穿着饰有彬彬有礼的时代的带穗肩章、金带和金色绣活儿的无袖短上衣的,还有穿着用薄纱和麦斯林纱以及其他什么闻所未闻的神奇材料制成的幻境剧般的连衣裙,而在一个角落里,竖着一些板条和一个有粉红色缨子的锈迹斑斑的头盔。在假人中间有一台缝纫机和一张桌子,桌上摊着些剪样。波利斯尼琴科悄无声息地走近我们,站在了我们身后,身上散发着花露水的香味。

"感兴趣吗?"他问。

"也许吧,"巴维尔回答,从门边走开,"我喜欢俏皮话。"

"彼此彼此。"波利斯尼琴科说。

契诃夫再次让巴维尔坚信,只有女演员当得起爱情,尽管《海鸥》并不合他的意。然而《樱桃园》却博得了他的欢心——剧是在我们的剧院里看的。而且就像故意作对似的,克谢妮娅扮演瓦里娅,我也又火上浇油,说起契诃夫来。

"他自己就娶了一位女演员。"我失去了任何防范,说。

巴维尔阴沉地笑了。最让他称心的是洛帕欣的形象。

"终于,"巴维尔宣称,"至少有了一个正常的人,不然全是神经不正常的。"

"真是的,"巴维尔听了别佳的号召后,指出,"一百年过去了,可就像在说今天的事。"

"可不是一百年,"我忧郁地说。

"为什么他不结婚呢?"巴维尔困惑地问我,一种天真的不知所措弄皱了他脸部的线条。

"我不知道,"我回答,"什么我也不知道。"

而这是纯粹的实话。

从这时起,他便停止了自己不久前还用来折磨我的关于结婚的议论,陷入了沉思。

我们开始以跟整个秋天都观察一个法国小城的生活一样的频率去看《樱桃园》。一开始我觉得巴维尔是为阿列克丝去的,但是慢慢我发现,另有目标。是的,他去看戏还为了看洛帕欣怎么求婚,而且怀着隐秘的希望等待着,下一次洛帕欣总是会结婚的。然而洛帕欣怎么都不想结婚,并且每一次都跑到院子里去。

"你怎么回事啊,洛帕欣?"我取笑道,和以前一样把这一切奇怪的巧合当作玩笑。甚至是那些我们有时会路过的树,我也认为是玩笑。

"你着急去哪?没什么地方是我们急着要去的,"巴维尔持重地说,像是在对着商店的露台上倒空小茶炊一般。"一切都在我们的掌握之中。"

临近新年时轮到了"阿尔巴特布鲁斯俱乐部"——有这样一个地方,专为指定曲调和"ⅩⅩ"啤酒的爱好者们开的,"ⅩⅩ"从形象的墨西哥语翻译过来就是"两个十字"的意思。我们伫坐等克谢妮娅。在大厅的某处手机响了很长时间,声音像山羊忧郁的颤音,令人生厌。两个头发剃得很短的小伙子——要么是特警,要么是普通的暴徒——在邻桌坐了下来。店铺的风格与他们从事的营生怎么都不相符。他们竭尽全力地想要快活起来,并且亲切地看着周围,但并没奏效。一个小时之后，导演斯特列利尼科夫走过来，喝了一口龙舌兰酒，舔了舔嘴唇并小心地用嘴呼吸了一会。从十点开始现场演奏音乐。乐手们调试着乐器，人声嘈杂，在这低低的嘈杂声中像飞镖的羽尾一样，插进些零零星星的低音吉他声。渐渐地声音变得有调了些，能听到主题了。乐队中的一个人走到麦克风前。大厅里已经挤满了恶棍，几个人手持啤酒瓶子站在过道上。

"晚上好，"他毫无热情地说，并把麦克风拉到和自己的个头一样高，"晚上好。今天我们从非洲组曲开始……"

大厅里响起了欢呼声。

"好像我们这里单缺非洲似的。"阿拉说。

在舞台有些发红的昏暗里，女独奏演员放下的短上衣像块一动不动的白斑。

"为什么她总是迟到？"巴维尔恼火地问，"总是迟到。"

黑色的电动扬声器轰鸣起来，聚光灯卖力地射出红色的光线。亮光以红色和绿色的不规则圆圈贴上墙壁。设备开始颤抖，轰隆隆响起来，像夜晚丛林里的军鼓，于是声音流转着，在半明半暗的幽暗中打着转。

斯特列利尼科夫很容易激动。没喝上几口就激活了能量，所以他就肆无忌惮地把想法和情节的戏剧性波折一股脑倒给我们了。

"她是个吸毒者，"他讲着影片的新版本，"但是她在挣扎。保守这个秘密越来越难……"

"听着，斯特列利尼科夫，"巴维尔不满地问，"怎么你那儿全都是妓女还有吸毒者呢？没剩下正常的人了，还是怎么的？"

"那你四下里看一看吧，"斯特列利尼科夫建议道，"睁大眼睛仔细看。"

拉祖瓦耶夫向四周看了看，用目光在那些面孔和后脑勺上扫了一圈。他的目光停在头发剃得很短的朋友们身上。他们中的一个把手放到桌子底下，正把子弹放进手枪的弹夹里。第二个人烦闷地看着台上，把湿润感性的嘴唇贴在啤酒瓶上。

"真是无法无天，"巴维尔回过身来说，"这里什么时候才会有人整顿一下秩序呢？"

"那你会第一个被抓进去。"

"这有可能。"他不动声色地同意说。

"嗯？"斯特列利尼科夫冷笑着问。

瘦瘦的独唱演员不停地反复哼唱着。他在乐器上方弓着背；吉他假装漫不经心地洒落着乐音，它们仿佛雨滴一样掉落下来。节奏使空间臣服于自己，让人感觉，那些墙壁站在那里，是被这种不可捉摸的、像时间的奔跑一样的敲击声支撑着。

"而你是布尔什维克，斯特列利尼科夫，"巴沙挖苦地说，"你是布尔什维克。看见了吗，他不喜欢这个时代。"

"得了，会的，"阿拉说，"各个民族有权自决。"

"民族……我们知道这些民族，"巴维尔嘟哝说，叹了口气，"即使这样也不好，即使这样。算了，咱们干杯吧。"

我们干了。

"也不是啊，"我不很自信地反驳说，"一切都很好。你们看，出现了多少各种场所啊。温暖、舒适，坐着喝吧，一切都很文明。与早先在门洞里狼吞虎咽不可同日而语。现在大概都买不到'阿格达姆'了。"

巴维尔冲阿拉递了个眼色。

"我没在门洞里喝过。"长长的睫毛轻柔地遮住了美丽的抱屈的眼睛。

"Hey! You too。"台上两个嗓音——男声和咆哮的女声，一个盖过一个地确证说。

十一点刚过时克秀莎出现了。

"我有个梦想。"她一进门就突然说。

"说吧，"我说，"给心灵减减负。"

克秀莎深吸一口气，十指交叉，郑重地说：

"我想当雪姑娘！我们要在地铁里迎接新年。"

大约有一分钟的时间，沉默混合着烟草的烟雾悬浮在空中，烟雾一团团升起，呈现泰国龙的形状，在桌子上空像发蓝的散开的带子一样缭绕着，然后有人问：

"什么意思？"

"新年时我想装扮成雪姑娘，然后一整夜走遍莫斯科。难道不好吗？走遍城市并给路人送礼物，你们就想象一下吧……只是需要一个圣诞老人。"

"有意思。"巴沙说,往嘴里扔了一根烟,凑向蜡烛去点烟。

"你干吗?"克谢妮娅受惊地喊了起来并用苍白透明的手遮住了蜡烛。"你不知道还是怎么的?"她用因惊恐而圆睁的眼睛瞪着巴维尔。"不能从蜡烛借火抽烟。当从蜡烛借火抽烟时,登山队员会死的。"白色火焰的投影像哑剧一样,在她的瞳孔里抖动。

"在哪儿,意思是,会死在哪儿?"巴维尔问。香烟从他的嘴里垂下来,过滤嘴粘着下唇上。

"死在山里,"克谢妮娅解释说,"只是如果他在山里的话。"

"啊——啊,"巴维尔轻松地拉长声说,"我以为,在哪儿都会死呢。"

"不是,在山里,"克谢妮娅重复道,"如果登山队员在山里的话。"

我们默默看着克谢妮娅。当然,我们中谁都既不想让登山队员死,也不想让他们有什么灾难。

"如果你不知道的话,就什么也不该做,"克谢妮娅说,"就是这样。"

"说得对,"我说,"什么也不该碰。就让一切顺其自然。"

满脸是汗的鼓手抡起光裸的手,猛地向下击出一阵冰雹似的鼓点。聚光灯从天花板的高度向下——向桌子和地板上——

投射多彩的光束。

一开始我对这个梦想没在意，但这有点幼稚的花样却比我写完自己论文的第五十九页更快地实现了。不过离灾祸还远：克谢妮娅正用将能听到的声音跟着乐手们哼唱，还晃着脚打拍子。

女歌手用黄色皮鞋的厚底跺着地板，并甩动着麦克风的电线。从她肥大衣服的长袖子里只能露出指尖，好像钻进成人衣服里的流浪儿的手那样。在不需要演唱的间奏时间，她把目光投向瘦瘦的吉他手，他们温柔地相视微笑。"No job, no money…"

"同意。"巴沙宣布。"我们要走遍莫斯科给所有人送礼物。你怎么样？"他转向我。

"不是开车，而是走路，"克谢妮娅赶紧纠正，"全部意义就在这里。"

邻桌的一伙人爆发了一阵大笑，一个把针织衫直接穿在光裸的身子上的姑娘扭头把什么液体喷在了地板上。我们大家都看她。

"这些话里有那么点道理。"我模棱两可地回答。

乐手们演完了节目，放下了乐器。偶然出现的寂静马上被隐藏在墙里的圆柱形音箱的声音覆盖了。几个跳舞的人一边摇晃着，从我们身边走向自己的座位。穿针织衫的姑娘踩空了，马上要摔到地上了，但巴沙及时抄住了她的腰并小心地让她立住脚，自己都没从椅子上起身。她带着一种不确定的笑容仔细

看了看我们每个人。大概,我们的样子很不可救药吧,以致她直视着巴沙充满忧郁的眼睛说:

"怎么,活腻歪了?"

姑娘回头看了一眼,突然尖叫了一声并扬起了一只光裸的手臂——她喝醉了。克谢妮娅从桌旁起身朝卫生间走去。

"杀死登山队员吧。"阿拉说,若有所思地看着蜡烛。她的头枕在手掌里,远远伸开的胳膊肘支着桌子,额头上,在两眉之间落着灰蒙蒙的烛影。

巴维尔把香烟在手指间转动着揉软了,把毫无特色的烛台凑到脸跟前。光斑触及他的脸颊。烟头伸到火苗的最中心,直达过滤嘴。火焰——几乎是没有光泽的——立刻大起来,鼓起来。平稳的火焰像水一样绕过香烟,然后咝咝响起来并开始发出火花。我们大家都无言地观察着,看巴维尔怎样点烟。

大厅差不多空了。"伦茨瓦伊斯的勇敢强盗"和他的同伙已经不见了。顺便说一句,以后在这里我也再未见过他们。也许,他们是被打死了,也可能他们弄明白了,丢下脱衣舞赶去音乐厅了。我们继续拉着繁重的枯燥乏味的纤绳直到关门,而且喝的越多,感觉自己越清醒。当睡意矇眬的工作人员开始把椅子堆放在桌子上,并且一会儿是墩布、一会儿是扫帚,开始在我们脚下不客气地窜来窜去时,我们也告辞了。感觉到酒精很无力,我们的心灵被冰冷的恐惧压迫着。

瓦灰色的天空在不紧不慢地下着小湿雪——这冬天的粮食,好像它——阴沉的天空是老太太,而我们是鸽子一样。

"没钱的时候，快活就是极宽阔的海洋，"巴沙怅然若失地说，"现在钱多得没处花——只有郁闷，无聊。这是怎么回事呢，啊？"他看向胡同的另一边，那里在垃圾桶旁边的门洞里正进行着快活的耍闹——两个嘻嘻哈哈的小女孩正在把自己的伙伴往雪堆上推，那雪已经陈旧了，并不洁净。

"你是我的小瘦人儿，"巴维尔看着克谢妮娅说，他的目光因一种新的、陌生的火焰变得温暖起来，火焰里闪耀着爱和希望，"你是我亲爱的小瘦人儿。"

应该承认，我认为"新年"就是一种平常的闲扯，就把它给忘了，然而这个突发奇想不知怎么却变成了最严肃认真的事情，而结束得愚蠢，也许，甚至可笑。

节日的预感已经在街上来回飘荡。时髦的商店把价格加码了一倍，然后公布打七折。到处都在售卖吉祥物——某些小动物的造型。可以找到任何一个品种、任何一种材质。人类喜欢的动物欢聚庆祝自己的时光。一类伸出粉红的舌头微笑着，或者只是眼神快活地瞪着，也有严肃的，一本正经的人物，戴帽子或者领结，穿背心，打伞，瓷的和布的，甚至是印刷的，长着忧郁地垂下的耳朵的，但他们大家都标志着必定的幸福，同时给所有的人，一个不剩。

有人拖着捆着手脚的新年枞树，到处都能碰见兴奋得小脸通红的孩子们，小手里攥着神秘的礼品盒。他们全都裹着皮衣和厚厚的外套，就像竖着羽毛缩头蜷身的麻雀一样，骄傲地在父母身旁迈着大步。

阿拉到城外去看奶奶，但傍晚时应该会回到我们这儿来。白天我也在例行公事，然后在十点钟的时候到了办事处。礼物、乔装打扮用的服装事前都已经准备好了。服装是克谢妮娅从剧院拿来的演出服，而礼物是恰巴买的。只是克谢妮娅像往常一样又不知跑哪儿去了。巴维尔穿着红色的毛皮一体的大衣坐在沙发上。在他面前的小桌上，堆成堆的橙子中间矗立着一个细颈大瓶子，一些必需的道具堆在沙发上。

"穿上。"他命令道，递给我一件带亮片的皮衣。

"你疯了吗？克秀莎在哪儿？"

如果在清醒的状态下，我是下不了决心扮演这种令人怀疑的角色的，但是起沫酒瓶帮忙丢弃了这种假设。终于，克谢妮娅来电话了，以父母为托词。我们约好，夜里三点钟开始她和阿拉会在"阿尔马季洛"那里等我们。

这不知是拉祖瓦耶夫第几次不合时宜地表现出骑士风度了。女士的任性要求对于他而言就是不可违背的法则，而给我分配的则是不起眼的、但又是必不可少的提枪的角色。谁知道呢，也许他是害怕被指责为心灵冷酷无情，也许只是想在新年之夜对他喜欢的人们有所可讲。他体验过各种各样的生活，在每一种里都找到了其魅力所在。

巴维尔把蓬松的灰白的胡须系到下巴上，朝镜子里看了看自己。我把皮衣拿在手上，他从上面往皮衣上扔了一个淡褐色的、带着麦秸颜色的辫子的假发和一个华丽的带兔毛镶边的小帽子。

"不错,既然人齐了,就该走了。"他说。在引擎盖上出现了新的一瓶酒和高脚杯。巴维尔把酒从瓶塞里倒出来,酒水沿着玻璃杯壁流到了闪亮的铁皮上。巴维尔往那儿扔了些雪。我们干了两次。巴维尔满足地哈了一声。

"好了,"他说,"这就走。恰巴,把衣服从他那儿拿走,"他弯下腰进到车里,"然后两点半你在瓦西利耶夫斜坡等着。我们溜达一个点儿就去饭馆。"

恰巴对此未置一词,只是摇了摇头;他从放下玻璃的车窗把我的外套接过去就迅速开走了,看来是怕我们强迫他去拖装糖果和儿童玩具的袋子。

"但会有可供回忆的东西。"

于是,我面临着当雪姑娘,而因为我个子更高,所以我们组成了前所未有的一对。

"哎呀你呀,大美人儿啊,"巴维尔怀疑地打量了我一番后,说,"别出声——谁都不会猜到的。"

"这不会有好结果的。"我摇了摇头,拽着自己塞满柑橘的袋子,步履艰难地跟在他后面走。袋子不是很沉,用粗糙的灰布做的——一般都是往这样的袋子里装土豆。

"一切都没有好结果,"巴沙回答我,"你没发现吗?"

人们沿着地铁的通道行色匆匆。他们奔跑,把脚步那回音很响的散弹撒满拱形的墙壁。等他们跑到火车那里,有几分钟时间恢复了寂静,通道变得像通常的洞穴,而后新的火车载来新的匆忙赶路的人们,他们怀着希望朝着通道里冲过来。抢先的是各种穿着的年轻男士——他们单个地、两两结伴地，还有快活的一大帮人一起地急忙赶路。他们的响亮的喊声飞向四面八方，并引起短促的、利落的回声。只有一个人哪儿都不急着去——他晃晃悠悠地在宽敞的空间里踉跄着，眯着眼睛从香槟酒瓶的瓶嘴里喝着酒。好像全世界都超过了这个特立独行的、富有哲理的身形。从我们面前跑过去三个姑娘。她们的熟羊皮短皮袄的下摆随风摆动并卷了起来。她们中的一个掉了只手套，她折回来捡它，匆忙蹲下身，冲我们吐了下舌头，大笑着跑远了。

我们来到站台上，在等待中朝隧道弯曲的洞里张望。出现了三点晃眼的灯光——两个在底下，一个在它们中间略高的地方。它们变大了，于是愚钝的车头从潮湿的黑暗中钻了出来。司机中的一个人冲我们亲切地挥了挥手，而后，完全空空荡荡的火车就带着渐渐减小的摩擦声，沿着灰色的站台滑过去。车厢的圆窗像串灯一样从我们身边闪过。只在其中的一个车厢里，从头数是第四个，坐着一个年轻人，脸冲着正在打开的门，读着一本厚厚的书。这件事把他整个人都吸引住了。不管是火车进站时，还是门咣的一声合拢后火车加快速度继续开动时，他都没抬眼。我看了一眼表——还有两分钟十二点。火车驶进了隧道，好像隧道吞进一根空心面条或者一串蓝色的泥肠。这大概就是我关于那个年轻人所想的，而生活也表现出自己并没有神话。

我们存心弄出很大声响地蹭着光滑的花岗岩走到大厅中

央。地铁在我们眼前一瞬间空无人迹了。没人坐的椅子那还未完全被磨掉的剩余油漆闪闪发亮。沉重的青铜吊灯在过堂风下像纸灯笼那样摇晃着。到处都扔着白铁皮罐子，看不到人影，如果不算那个疲惫不堪的民警和一个穿铁路制服的年轻人的话。准十二点钟，民警发出"乌拉！"的喊叫声，接着用穿得走了样的皮鞋跺到一个啤酒罐上，压扁了它，而年轻人以兴高采烈的动作举起拿着红色圆盘的手。甚至有点儿可怕，因为通常在这个时间段，地铁里还人满为患呢。

过了一刻钟或者差不多一刻钟的样子，又有乘客出现了——多数是一帮一帮的。谁都已经不再着急了，更确切地说，人们是在游逛，摇晃着酒醉的脑袋并惊奇地看着车站不常见的空荡荡的空间。我们等来一趟已经显得不那么不可救药地空无人迹的例行火车，就一屁股坐到空座位上了。

在"马雅可夫斯基"站，两个女清洁工穿着黑色的毡靴，紧紧地抿着嘴唇，在空旷的站台上扫着混合了锯末的垃圾；橙黄色的数字不动声色地一个变换成另一个，累积着，再重新散落成零。巴沙的红色毛皮大衣在闪亮的柱子上映照出影子，像深红色的、轮廓不清的火舌一样，在不锈钢的表面上抖动，而他本人则被这空空荡荡明显弄得闷闷不乐。他甚至向一根柱子后面张望了一下，也许是以为孩子们或者谁只不过是蹲在那里躲着他，在玩快乐的新年游戏。在一根柱子后面还真就有一个大活人——一个喝多的男人后背靠着柱子，把乱蓬蓬的脑袋枕在膝盖上正在睡觉。他的一只手上缠着背包带，背包的底部湿得发亮，在离他屁股一厘米的地方汪着一滩形状古怪的水洼。水洼里闪亮着一些像小冰块一样的玻璃瓶碎片。

"哪儿有孩子啊？"我气急败坏地问。在车厢里我们还喝了酒，所以我的嗓音听起来好像揉皱的马口铁一样。

"就是有点搞不懂了。"巴沙困惑不解地说，但他的不知所措持续了不超过一分钟。"得去火车站，"他决定，"火车站总是人满为患的。"

在远处的什么地方，大厅的另一头，一条误入地铁并在空旷中迷了路的狗烦闷而又无望地叫起来。

离我们最近的火车站是基辅车站。还没等我们从扶梯上下来，就出现了第一个小孩。一个身材高大丰满的女人，身上挂满行李，多半是我们的第一位猎物的奶奶，手里领着一个小女孩。女孩脚上穿着胶底的毡靴，迈着小碎步走着，看来走着走着直接就睡着了。她帽子上的白色绒球像秋风下的菊花一样来回摇晃着。巴沙麻利地从肩上卸下袋子，从里面掏出一个包装在花花绿绿的盒子里的礼物。女人冷漠地看了他一眼，但后来看到了我，她的眼中现出怀疑的神色。小女孩毫无热情地和机械地伸出小手，用睡意矇眬的眼睛看着巴沙。她大概是觉得，她只是在睡觉并且做了一个彩色的梦。

"什么都别拿他们的！"奶奶喊起来并照小女孩的手打了一下，但小女孩已经牢牢抓住了节日特有的色彩鲜艳的纸盒提手，而且她的眼光里透露出执拗的神情。

"老大娘，老大娘，"巴沙委屈地说，"您没必要恶语相加。这里都是最好的东西。"他开始列举里面的装的东西。

女人用自己的肥胖的身躯挡住了小女孩。

"您听我说……"

女人什么都不想听，拽着小孙女和袋子就走开了。

一阵喧哗声响起来。女人原来是个大嗓门，而且在新年的空旷里吵吵闹闹的声音变得如此明显，好像能看见和触摸到它们一样。从警亭里出来一个民警大尉，朝我们走来，一边漫不经心地看向一旁。和他并排走着一个右肩上背着自动步枪的中士。

"阿布里科索夫大尉。"大尉绕口令似的自我介绍道，并且像他挪动穿着高帮皮鞋的脚一样漫不经心地曲臂敬了个礼。

"年轻人，请出示证件。"

"没带证件，"巴维尔说，"你要什么证件？"

"销售许可证。"大尉接着说。

"哪有什么销售啊？"巴维尔不高兴了。"要干什么呀？"

"走一趟吧，到那儿我给你解释，要干什么。"

"为什么？"巴维尔问。

"就为要有许可证。"

"你这是胡扯什么呀，大尉？"

"暴风雪[①]在街上呢，"大尉不满地截断话头。

[①] 此处的"暴风雪"和上文的"胡扯"在俄文里是同一个词的不同义。——译者注

我们穿过一条昏暗狭窄的走廊，来到房间里。墙壁在一人高的地方被刷上了蓝色的油漆，放着一张橡木的写字台，桌面上两块很大的黑印子，是擦掉墨点留下的乌漆墨黑；棚顶一只长方形的氖灯在吱吱作响；与之平行固定的第二只，像是套在一起的几匹马中拉帮套的，一忽儿使劲亮起来，闪燃的画面就像开始颤抖的眼睑，一忽儿又熄灭了，变成一根黑绿色的棍儿。我们被关进桌子对面的铁笼子里。我的女孩打扮引起了军士的特别注意。

"怎么，同性恋吗？"留着小胡子的中士纠缠我。

我沉着脸没作声。即或我不是蓝色的[①]，至少也是绿色的，出于愤怒、酒劲儿、睡意以及其他快感大钞的零钱找头，不知道还会是什么颜色的呢。

"听着，大尉。需要打个电话。"巴沙说。

"可谁会给你呢？"大尉冷笑了一下。

等大尉出去了，巴沙把手伸进了大衣下面，拨了号码。

"米哈伊尔·伊万诺维奇吗？从牢里捞我出去……进局子了……地铁里，在'基辅'站。就在地铁里面，对。说是需要有许可证。什么许可证？你给他们带许可证来。"巴维尔笑了一下。"两个许可证？"他带着不怀好意的微笑又问一次，挂了机。

我不知道米哈伊尔·伊万诺维奇如何有名，但是完全

[①] 此处的"蓝色的"和上文的"同性恋"在俄文里是同一个词的不同义。——译者注

相信，谁也不会在新年夜为了我们所犯的这种罪行——我觉得——而奔走。

很快又出现了两个中士，冷漠地看看我们，围着上面长出一瓶香槟酒的桌子坐下了。大尉开了瓶。节日必不可少的泡沫冒出来，沿着黑色的、带有金色装饰物的标签流到桌子上。大尉晃一晃手，一团团透明的泡沫四散着飘落到地板上。

"没啥吃的。"中士里的一个迟疑地说，一边整理了一下肩上的自动步枪。"托利克走了一趟——所有的地方都关了。"

"早该想到，"第二个说。

"这怎么就能没啥吃呢？"大尉干练地四顾一番，看到了装礼物的袋子，把它挪到自己跟前，把手伸了进去。

"一般来说，拿别人的东西，应该问一问。"巴维尔恼火地指责说。

"给我再说一遍。"大尉说。

大尉是个固执的人。我们在笼子里几乎坐到早晨，无动于衷地看着地铁保卫处的工作人员们津津有味地吃光了原本是给克谢妮娅幻想中的某些朦胧不清的形象们的礼物。

稍晚些时候，一个醉的不省人事的先生被拖进了笼子，他穿着的昂贵的三件套西服上粘着呕吐的什锦，被关进来的还有一些凶狠无耻的、从里往外透着烟味的半大小伙子。米哈伊尔·伊万诺维奇很久也没来，不过最终，在一个跟他长得像两滴水一样相像的人陪同下，还是来了。他们身穿柔软的材料制成的敞怀大衣，歪向一侧的单色的、窄窄的、不好看的领带搭配灰色的一模一样的西装。两个人都醉意十足，开着些摸不着头脑的玩笑。他们在昏暗的走廊里"祝贺"了大尉两分钟，之后那人只盯着钥匙，开了笼子。米哈伊尔·伊万诺维奇郑重地握了握他的手，掩好自己时髦的大衣衣襟，跟在我们后面走出来，小心翼翼地移动着脚步。

"要不一起走吧，"他在告别时建议说，"我们那儿可有好姑娘。"

他翻着射出情欲之光的眼睛并低低地笑起来，露出蛀坏的、发黄的牙齿。

"谢谢。"巴沙嘟哝说，一边使劲掸净身上的灰尘。"我们自己的还不知往哪儿打发呢。"

外面下着小雪。雪花斜着落下来，在没风的空气中随意打着转儿。人行道全是雪，脚在雪上留下长长的印迹。空气新鲜清冽得令人舒爽。从银装素裹的树枝上往下掉着散落的雪团。节日彩灯在天空中反射着雾蒙蒙的紫和红的混合色，甚至透过淡白色的下垂式窗帘都能看到。透过落雪的幻景，电动的祝福题词闪现着，缠在房子和桥拱上的各种颜色的彩灯明灭着。孤零零的汽车在打滑的路上踩着刹车慢慢开着。居民楼里有的地方还亮着灯，而院子里间或能听到迟到的花炮爆裂声，以及马上就跟着响起的汽车报警器的鸣叫声。

我的反感开始采取放空焰火的形式。我成串地放出骂人的话，就像别出心裁的礼炮，它们带着震耳欲聋的愤怒在新年第一天的、被爆竹折腾得疲惫不堪的空气里爆裂着。

"堂吉诃德……幼稚病……应该白天去,而不是夜晚,在这空荡无人的地方徘徊。"

"这说的是我们中的谁呀?"巴沙平静地打断我说。

"就是像你这样傻头傻脑的人,"我喊道,"也想对全世界行善。他后来被猪踩死了。"

巴沙举起双手,仿佛在召唤冰冷的天空作证人一样。实际上他不过是整理一下衬衣。

"你倒卖毒品。"我情绪还没平复。

"我买卖药材,"他凶狠地回答,"但如果任何奇形怪状的人用它们来服毒自杀,那不是我的错。"

"那是谁的错?!"我不能自抑地喊。"谁的错?"

我长时间不能恢复正常,讲了堂吉诃德的事,还说了很多不好的话。

"而你是个讨厌鬼,"巴维尔说,"我还不知道呢。"

阿拉和克谢妮娅自然是没有等到我们——等我们到了酒馆,节日已经结束了。累得要死的服务生带着黑眼圈看着我们,像半死不活的轮船司炉或者脏兮兮的机械师看着因为闷得慌而一时兴起跑机舱来看看的一等舱的乘客一样。

时间把许多细节都从我的记忆里赶走了,有许多我现在倒是认为是无关紧要的,但是一些醉酒后短暂的脱线处——而它们毫无疑问是发生了的——若非巴沙拖着我去,这么说吧,夜店,在记忆中留下了某种振奋精神的饮料的气味和味道的话,我就归功于赶着弄论文了。有一回，城市把我们像嚼过的、没有味道的口香糖一样吐了出来，吐到了莫斯科郊外的相对自由之中。

我总是在想象中看到"展览会"，我很长时间一直在回避。但是我们到的地方与"展览会"完全不同。我们去了一个别墅，那里住着那个在大高加索山脊的危险斜坡上遇险的那个姑娘的父母。姑娘很偶然地被救，算她幸运，救她的是以巴维尔·拉祖瓦耶夫的形象出现的、预先计划好的登山救援服务队。

路上没花多长时间。右边克雷拉茨科耶散乱坐落的灯火没闪烁多久，然后就开始了弯腰的松树，再远些——位于七俄里处的卡尔季奥洛吉切斯基中心的巨大建筑物，山丘下的国家汽车检查局的哨卡和像巨大的挂锁形面包的环路立交桥。

被救的姑娘本人早就嫁给了一个外交官，正如已经搞清楚的那样，住在第三国。她从墙上微笑着，或是乖女儿的笑容，或是可爱的无忧无虑的姑娘的笑容，或是人妇的矜持的笑容，最后是拉斐尔式的母亲的笑容。巴沙饶有兴致地看着照片，虽说早就不是头一次见到它们了。我想，如果不是这些照片，他都已经不记得她长什么样了。

父母心甘情愿地，甚至有些强制地接待他。他们早在他为了买装备到莫斯科打听"登山用品"商店那几天就接待他了，因为鲍里斯·费奥多罗维奇本人很久很久以前也走过大学生的寻常路，在莫扎伊斯克郊区收过土豆，在厄尔布尔士山附近踏过报春花——管它是丘库什山，还是胡科湖，或是马鲁哈山口——他们有过相交点，不管这样的相识是多么偶然，以及总的来说，这样的友情是多么不可思议。当巴维尔带着另外的目的来到莫斯科时，他在这里除了生意上的兴趣，别无所求，他们舒适、安宁的家庭以自己的安排好像照亮了他的初始阶段。而这些无尽感恩的人们，享受着安宁，在新鲜的空气中朴素地过活，在他的眼中，他们看来是以自己旧式的与世隔绝使社会准则得到具体的体现，而所有的道路归根结底都是通往这些准则的。他坚信——他们是他模仿的榜样。

"您是做什么的？"主人愉快地问我。他穿着他那件紫色的高领带短拉锁的运动服，仿佛是从六十年代挖出来的人，好像从黑白电视屏幕走上下来的，或者从老照片的分米空间中蹦出来的。

"历史。"从某个时候起，不知为什么不再有人喜欢问我类似的问题了。

"非常好。"鲍里斯·费奥多罗维奇用一种惊奇的语调说。"西塞罗就说过：谁不了解历史，他就一辈子都是个孩童。"

"可谁会一无所知呢？"我问。

教授耸了耸肩。

"没有这样的人。"他无所谓地说。

在挂满半个墙壁的家庭照片中，吸引人眼球的是一张灰色的、纽约科学院名誉院士的证书。挂着照片的墙壁对面的墙，一面墙都是书架。巴沙偷偷用头指了指书并努力向我递眼色,好像在暗示我们和它们的亲近关系,但结果却变得像是在看到一个漂亮姑娘时递眼色那样,姑娘一副独立自主的样子从无所事事的好朋友身边走过,就像一朵猜测"爱——不爱"的洋甘菊花。

"我们,那个,"巴沙说,"在学文学。"

"很好。"鲍里斯·费奥多罗维奇依旧用惊奇的语调赞许道。"我们有过伟大的文学。"

"早先吧,你看这个《战争与和平》,是四卷,而现在全都是些个格言。"

鲍里斯·费奥多罗维奇没完全弄懂他的意思。

"是啊,都搞出这么多了,到时间的尽头都数不清。"他惊奇地看着书那边的某个地方,心不在焉地说出一句。他站起身,走到书架前,用手背擦了擦玻璃,"看花眼了。"他如释重负地长出了口气,又回到自己的椅子上。"总的说来,这些基里尔和美福狄可把我们害惨了,应该说。他们连俄罗斯人都不是。使我们倒退了很多年。教会分裂了,一切都朝着与意愿相违背的方向发展了。我们的信仰也是不正确的,我们的一切都是不正确的。科学的语言从旁边把我们绕过去了。我说的是——应该用拉丁字母来造字母表。"

从我们的言语里开始轻轻向外散发出把一切都看得很美好的那种心地善良,那种平庸教育的装模作样和附庸风雅,它以致命的一贯赞同将国家掷于发疯的、忘本的造物们脚下。

"是啊，艺术终结了。"他带着无望的表情摆了一下手。"我们生活在时间的末尾。"

"艺术终结了，"我说道，"可人还没有终结。"

"我简单点对你们说，"教授打断说，"什么是艺术，它为什么服务？首先是为了任何一个社会的自我意识。而我们现在是最真正的孩童社会。孩童哪儿会有一个负责任的成年人的品质呢？等孩子们长大了——他们一切都会有的。也包括艺术在内。"

"他们要长多久？"

我们的演说家只是一摊手。接下来发生了一件事，而因为这件事，我在很长时间里讳莫如深，根本不敢开口。

"你们怎么称呼自己的小娃娃？"鲍里斯·费奥多罗维奇问巴维尔。"我可是记得，您怎么都选不定名字。选好了吗？"

"叫玛申卡，"巴维尔腼腆地说。

"非常好。"叶夫根尼娅·谢苗诺芙娜笑道。

巴维尔脸上洋溢着毫不掺假的成就感，从西服上衣胸前的口袋里掏出了几张照片并把它们郑重其事地递给了叶夫根尼娅·谢苗诺芙娜。我觉得我最好别作声，专心看这场无法解释的滑稽戏。

"嗯，嗯，好快活的一个小姑娘。"主人带着由衷的微笑看着照片说。"我们的卡佳也曾经这么小过。"交还照片时，他带着挑战的口吻补充说，好像我们意欲反驳这一不争的事实一样。

"是吗？"叶夫根尼娅·谢苗诺芙娜说，大家全都轻轻地笑了笑。

"幸福——这就是一种感觉。感觉是转瞬即逝的。"鲍里斯·费奥多罗维奇不知为何说道，可能是在回答自己内心的交谈者吧。夫人责备地快速瞟了他一眼。

在一段时间里，谈话围绕着孩子的话题转。然后不知怎的转到了哲学那被一大帮自信的智者压平的道路上。巴沙立马闭了嘴，只是听着，在自己的盘子里鼓捣着，带着寂寞的希望看看谁也没想到让它发言的电视机灰色的屏幕。鲍里斯·费奥多罗维奇把一个巨大的茶炊放到了桌上。

"酵母已经完成测序，革兰氏阳性菌，——这太惊人了！"他赞叹道，并且强调说："太惊人了！我们还在这说什么呀？活的物质的结构我们已经清楚了……你们不读《自然》吗？读一读吧。"

"能骗一骗情。"我说完看了巴维尔一眼。

"关情人什么事啊？"鲍里斯·费奥多罗维奇顿了一下，但立刻明白了，于是孩子般笑了："是啊，情人也行。您想说谁都行。只要有愿望。"

"只要有钱，"巴维尔叹了口气。

也许这座房子是唯一让他不觉得拘束，想说什么便说的地方。这些人之间一切早已清楚明了，而且完全不是在理智或者某些其他天赋——那些有时作为低级虚荣心的支撑的天赋——的范畴内。

"这是当然。人种是可以以某种方式改善的。会研究这个的。"主人有把握地说。

"有点可怕。"叶夫根尼娅·谢苗诺芙娜说出自己的观点。

"实践证明,这类的担心都没有得到证实。"

"您是从哪得知这一切的呢?"我笑着问。"您好像什么都知道。"

叶夫根尼娅·谢苗诺芙娜向我投来一瞥,其中可以清楚地读到:他什么也不知道,只是当着大家的面吹牛。爱说,仅此而已,您就权当是真的吧。茶炊的龙头漏水,水滴间隔不长地掉落在茹斯托沃彩盘上,摇晃着突出地盖在一朵红色的花朵上的小水洼。

"全部的恶还没有全都发生在世界上。"鲍里斯·费奥多罗维奇眼睛盯住那朵红色的小花说。"远远不是全部。"说出这句话,他冷似地搓了搓自己那双光滑极了的手。手上那变得很薄的皮肤肤色红润,有些发黄的指骨透着亮儿。

"够了吧,"叶夫根尼娅·谢苗诺芙娜打断丈夫的话,递给他一瓶白兰地,"你再说就太多了。"

"真的,假的,——我不知道。"他讪笑一下,开了瓶,冲着灯光查看液体。

我们每人喝了一杯。

"那么这个①呢?"我抬眼看着山上,问道。

---

① 此处的斜体字为原著作者所写。——译者注。

"您是从人的立场评判的,而我是从普通的细菌的立场评判的,"他有点恼怒地说,"我弄不懂您,"他坚决地摇了摇头,补充说,"弄不懂。"沉默了一会儿又回到谈话上来:"我不信这个,像对幻影一样,"他说,并且重复道,"我不信幻影……难道说生命存在过吗?人们怕每一丛灌木,每一条小溪。好像到处都能看到些小神像,要吃要喝,贪婪,无耻。然后犹太人搞了个伟大的发明——想出了一个神。伟大的发明,我重复一遍!一切变得多么简便!然后是下一步——基督。他使所有的人都变得平等,解放了所有的人。'因为克服了恐惧的奴隶解放了。'心灵解放了。"

"那接下来呢?"我问。

"完全不知道。"他重又耸了耸肩,摘下眼镜,开始用指腹按揉鼻梁上的红印。

"这就是全部的爱。"巴维尔说完不自然地笑了笑。

"正是。理智将为所有的问题负责——或早或晚。这是一目了然的。我相信的就是这个,而再无别的东西。"他移开目光看向地上的地毯。"那边的门是关着的吗?"他看了妻子一眼。

叶夫根尼娅·谢苗诺芙娜起身去检查门。

"在二十世纪末吧,在尼采之后,问题是这样的:归根结底,对神的信仰——这是对人的信仰。走一阵,到处溜达一阵,用鼻子乱碰一阵,——没有出路。"他看着她的背影说。

"不管你愿意不愿意,但遗产你得接受……"教授重复说,向后靠到椅背上。"思想一不留神就会造个神出来。如果旧的不好的话。认知是无限的——神为何不是呢?你们是年轻人,现在你们的时代来了。我们已经什么都干不了了。"鲍里斯·费奥多罗维奇看着我。"您怎么总是在摇头啊?"他快活地、带着笑意问。

"没什么。"我一直在想象,怎样才能像在田畦里种洋葱那样给自己养孩子、情妇以及无限量地克隆自身。

"怎么回事?"

"我怀疑。"我说。

"这您做得对,"男主人赞许说,"怀疑就是那些酵母,烤馅饼靠它们发起来的。"

"烤馅饼好哇!"我想。

端上来了一个自制的多层蛋糕。不再说关于永恒的话题——大家夸奖着蛋糕,叶夫根尼娅·谢苗诺芙娜给我们展示了自己的温室和非洲的照片。那里完全是一派异国情调——棕榈树、叶子花和真正的软木制的头盔。女婿是个胖胖的小矮个儿。我们主人们的女儿比他差不多高出一头,垂向一侧的一头发红的古铜色头发呈圆锥形草垛状,像一阵风吹拂下的针茅草的羽状花序一样。

"他是干什么的?"巴沙问。"我总是忘。"

"在使馆里。"叶夫根尼娅·谢苗诺芙娜提醒说,并且不知为何变得忧郁了。

然而到分别的时候了。我们开始告别。起身时巴维尔弄倒了椅子。叶夫根尼娅·谢苗诺芙娜留在了房间里,而男主人披上毛衣,走到寒冷的外廊,目送我们。

前厅里的地板整个都被装腌菜和果酱的玻璃罐盖住了,罐子的玻璃折射出里面东西的鲜艳多汁的色彩。在一面原木砌成的、没有其他装饰的墙边,立着固定在横杆上的滑雪板。我碰了碰它们,并悄悄地稍微抬起来一点,试试重量。

"滑雪要不少于两个小时,"教授发现了我的兴趣,严厉地说,"那时才能有成效。"

他那训诫般抬起的、带有警告意味的手指亲热地捣了捣澡堂脱衣间刺激感官的寒冷的空气。

我们钻进汽车,慢慢朝大门外开去。车胎以全部的重量压在干雪上,雪发出脆响。一段时间里,我们还能看见站在门口、在被灯光照得通明的外廊上那个已过中年的怪人的剪影,——像线一样细细的镶边很像蜘蛛网,而他本人——像蛛网的建造者,只是有一点不明白,他把什么当作敌人在看守,以及以什么样的苍蝇为食。

"你有小孩吗?"我问巴沙。这个问题像藏在拳头里的烟头一样,已经烧灼着我的喉咙三十分钟了。

"哪有什么小孩啊,从哪儿弄出他来呀?"他漠然地回答。

"可……"我冲他藏照片的衣兜一点头。"可照片呢?"

"别人的。"他用同样漠然的声调解释道。

说到这儿,我甚至生他的气了:

"你干吗撒谎啊?"

"这样更有信誉,你明白吗?有家的人——这会让你觉得……更有信誉。"

"可要是他们……"由于惊奇,我说了一句就顿住了,"嗯,要是他们邀请你和妻子呢?"

"我就和妻子来呗,"他回答,"她们满莫斯科都是,这些个妻子。就像垃圾一样。"

"可要是带孩子呢?"我问,知道也有答案。

他觉得有趣地看了我一眼。

"孩子又怎么了,是飘在空中的不成?"他说。"我会租。走吧,干吗不动?"

曾几何时我认为世界是圆的。现在我知道,它是平的,就像薄煎饼,没有边的,也像薄煎饼(如果给自己想象出一个没边的薄煎饼的话)。我猜,支撑它的是头鲸鱼,这些基础很牢靠,并且乔尔丹诺·布鲁诺的牺牲有时候会让我觉得枉然。

吉普车努着脸向环路飞驰着,把道路的长带压到身下再从宽宽的弹性十足的轮胎间把它像用力一击的黑色冰球一样放出去。吉普车从穿橙黄色背心的执勤人员身边掠过,他们在这条林间公路上被安插了很多,就像变形牛肝菌一样;从被白桦树和椴树覆盖的老别墅旁边掠过,别墅中舒适的灯火让人感到温暖;也从新的、因自己宫殿般的规模而令人震惊的别墅旁边掠过,它们那带奇形怪状的塔楼的、形状不规则的釉面砖巨块凝固在光秃的田野中。它们在频频出现的小树林之间一个挤着一个，在矩形的铁丝网之中或者在环形的带刺的铁丝网之中，好像预先就做好了防备一样，尽管并没什么人进攻过它们。那里没有亮灯，而洞穿的门洞、没框的窗口阴沉沉、黑乎乎的，令人觉得可怕；好像它们是被遗弃的，因为房主已经都死了，他们带着火器造成的损伤栽倒在边沟旁，只有他们那感到冰冷的灵魂（灵魂不会感到冷，因为它们是无肉体的，我也明白这一点）还在自己未建成的墓室间徘徊，那里埋葬着青春和配得上《吝啬骑士》的财产。巴沙又掏出了自己做广告的照片，并且长时间地一张接一张地摆弄着它们。

"人们对我说，噢，我就是从他们那儿拿的这些照片，说孩子们啊，当他们还完全是婴儿时，简单地说，就是头三个星期，他们能看到自己的小天使，因此总是朝一个地方看。不管他们在哪儿，都朝一个地方看。能有这回事吗？"他不大相信地问。

"他们能看见谁？"我没听明白。

"小天使，"巴沙重复道，"看见自己的小天使。能有这回事吗？"

"一切皆有可能。"我模棱两可地说。

"可能。"恰巴低下剃得很短的脑袋，确信地点了下头。"祖母给我讲过……她们院里有秋千，简单地说……在农村。"

"哦。"

"就这样，这个天使，好像是，在这秋千上荡来着……丑鬼。"最后这个词是冲对面的汽车上的司机说的，那人用大灯晃得我们睁不开眼。

"长翅膀了吗？"巴沙赶紧问。

"长翅膀了，"恰巴证实道，"什么都有。该有的一切都有。"

我们被震惊了，都安静下来。

"那然后呢？"我最终说。

"祖母说，她离开窗户去拿什么了，我已经不记得了，可是等她回来，它已经不在了……秋千还在悠荡，她说，可它已经不在了。"

这下我明白了，从前以为是假的东西，实际上正是存在的本质。我明白了，他想从生活那儿要什么，也明白了，这再简单不过的梦想并不能实现。这梦想便是，什么时候他也会有这么一所坚固的、住起来舒服的房子，里面满是有着漂亮的书脊的书籍，就算他的手不会触及这些真知灼见的容器，然而他的孩子们——而孩子们是一定会有的——会不慌不忙地把它们一本不落地读个遍。他还会给他们买许多其他各种东西：自行车、山地滑雪板、轻便潜水呼吸器——并且有朝一日会带他们到熟悉的海岸边。螃蟹会在灼热的礁石上晒太阳，而他会眯起眼睛，迎着太阳看向群山，那里坐落着一个简陋矮小的房舍，在房舍里面，很早很早以前的某个时候，人们把冰水煮热，为了把一个小小的、皱巴巴的小身子擦拭干净，也可能，他会短期去那里一趟。这便是他的幸福，像春天的小溪一样起伏荡漾的，像大粮仓一样坚固殷实的幸福。而且生下这些孩子的是一位个头不高的女演员，许多优秀的男人都会爱她，但她将只爱他一个。

在春日的第一天，就像很久以前的解放者——沙皇[①]一样，哥哥扑通一声栽倒在地了。他是在新俄罗斯航运局入口处被枪击的——此事在电话里是这么通知的，而且这之后一些穿着讲究、脸色专注的男子立即纷纷抵达办事处。人行道被昂贵的汽车占满了，车的轮罩糊满了莫斯科马路的暴雪。哥哥确实是一些著名的圈子里的重要人物——关于他的死许多报纸都写了消息，而《商人日报》给自己的简讯配发了一张恐怖的照片。报纸上写的是一些大的药品集团，它们在黑海的港口以低得可笑的货值或这一类的其他手段通关。巴维尔飞去参加葬礼，三十天不在，而我和我的留里克家族待在一起，把论文赶到了尾声。

我和阿拉碰面，去看过两次电影，还和克谢妮娅一起在"奥萨德卡"坐了一夜，作为因为巴沙杳无音讯的沉寂而对她的补偿。克秀莎不同寻常地活跃，一直说个不停。她的瞳孔显得比平时大，脸上的皮肤变白、发灰了。一种正要喷薄而出的歇斯底里发作从她的外貌中透露出来。她又快又没有条理地说着些没头没脑的东西，然后突然就望着我们哭起来了。她可怜地垂下肩膀，含着胸，但是头依然是直的。她就这么坐着，一

[①] 指亚历山大二世，史称解放者——沙皇。

副受害人似的目光从我脸上移到阿拉那儿再返回来,一边不时哀怨地哭几声并痉挛地啜泣着。

"你怎么啦?你怎么啦?"阿拉害怕地嘟哝起来。

克秀莎像一条无处安身的小狗崽一样可怜巴巴地望着,这种表情我还头一次在她那儿看到。她甚至不是在看,而是仿佛自己从自身,从自己的外壳向外呈现。她脸上没有一丁点儿血色,颧骨上出现了灰色的斑块,皮肤上透出了很多红色的小疹子。这让我们觉得非常奇怪,因为她几乎没喝酒。别的桌上的人开始好奇地朝我们这看。穿着白衬衫、衬衫上摇晃着写有名字的小牌牌的服务生在稍远一些的地方停住脚,也在观察我们。阿拉开始给克秀莎灌矿泉水。

我们打了辆出租车把她带走。在车里她一声不吭,躲在角落里,蜷缩着身子,把鼻子埋进提到脸部的膝盖里。偶尔,她发出啜泣声。阿拉的一只手放在她的背上。路灯在一瞬间从黑暗中抓出那后背和那只手放在背上的手,手变成发白的深蓝色,就像月球来的外星人的肢体。

周五,巴维尔出现了,周身透着疲惫不堪。在他身上我没发现特别的悲痛,不过,也许是我看的不仔细。

"咱们今天去剧院吧。"他建议。

我早就极其厌烦了世上的一切,不管是剧院,还是话剧,还是他的举棋不定,但是最近的情势如此,势必得同意。

我们匆忙喝了点白兰地,就出发到"白俄罗斯"站去买花了。

"我还想喝。"巴维尔说。

我们进了咖啡馆,各自要了二两"纳伊里"。在角落里,一群穿着又肥又大的皮夹克、戴着麝鼠皮帽子的阿塞拜疆人骑坐在金属椅子上,吵吵嚷嚷。

"是啊,我哥哥呀……"他咽下一口白兰地,无动于衷地观望着阿塞拜疆人,沉思着说出口。"不过也过了一段快活的日子。"他补充道,把香烟通红的尖头扭掉,熄灭了还没吸完的烟。"绿票子被他藏在地段的某个地方了,我确定。他最后一次去那里打猎时放的。我确定……整个房子都被我翻了个遍——没找到。"他看了看烟灰缸,烟头的黑色边缘里面裹着一点被烟灰盖住的炭火,重又把烟给点着了。"正好,我想问问……红场上的那个红色的房子是干什么的呀?带塔楼的那个。"他把烟放到了烟灰缸的底部。

"历史博物馆,"我用不快的声音说。"你问它干吗?"

"没什么,"他不置可否地回答,"只是一直忘了问。"阴燃的香烟的烟雾向上升起,然后突然好像下蹲似的一顿,而后烟线又竖直了,像深蓝色的带子一样延伸上去。在自己的国家里我们仍旧是游客。很久以前,多利安人——后来的伯里克利[①]们和伯拉克西特列斯[②]们——就是这样,离开篝火,拿着火把沿着烧毁的克诺萨斯蹒跚而行,麻木地盯着宫殿明亮的墙壁看,用动物般的目光爱抚温柔的、涂着香脂的后宫美女们的酥胸。

---

① Pericles,公元前约490—前429年,古雅典统帅,民主派领袖。
② Praxiteles,公元前约390—前约330年,古希腊雕塑家。

我们在一些支棱着玫瑰花花束的水桶中间穿行，从装着微微发光的小蜡烛，因而蒙上一层水汽的玻璃箱旁走过，女售货员挡住我们的路，推销自己的鲜花。

"我不喜欢这些玫瑰花，"他皱眉，"它们不大自然。"

"也许她喜欢呢。"我提议说。

"也许吧。"他淡漠地同意，但并未停止寻找。

一个老太太无论如何也不想落在我们后面，一瘸一拐地跟着，时不时挡住路，挥舞着一把湿答答的、包在窸窣作响、图案像花边似的包装纸里的什么花。原来是塑料做的。

"您把它们都给灌醉了，"他说，"不等把它们送到地方，就全都得谢了。给我找些花蕾来。得能开久一点的。"他握紧拳头并竖起手肘示意。

老太太对这些话的反应只是伤心地摇着头，若有所思地看着手肘，甚至都没试图辩白。

"怎么着啊，有花蕾吗？"巴沙又问一遍。

泥泞在脚下扑哧扑哧地响。出乎意料的解冻天气突如其来，加上下雨，把我们赶到了车里。当老太太用一件外衣遮着自己高加索的银色白发，从一个摊位跑到另一个摊位找黄色花蕾的时候，我们就在车里坐着。雨水在玻璃上蛇行，雨刮像做惊奇状的眉，在挡风玻璃上飞起又带着雨水落向发动机罩。

"那个人，叫什么来着……菲尔特？费特？写过什么？"巴维尔问。

"写诗。"

"也是有关爱情的？"

"那你还想要有关什么的呀？"我没对话的兴致，在想自己的心事。

"什么不行啊……"巴维尔迟疑地拉长声说。

"够了。"我严厉地打断他，并续以背熟的警句："爱情和死亡——这是值得艺术去表现的两个对象。其他的东西——这就不是我们的事情了。你既活着——就过活吧。还有更糟的事呢。"

老太太又出现了，把一束花裹在报纸里：

"只有红色的，孩子，"她报告说，"红色的。你看看，多好啊——红色的。"她扔掉报纸，我们看到了一束宽大的叶子，叶子中间掩映着些紧绷绷的绿色的小头，我无论如何不能明白，从何而知，这些郁金香是红色的。

巴维尔数了数茎数，抖了抖花束，查看这些紧绷的、底部发绿的小头是否结实，沉吟了一下，又添了一张小纸票。女人把钱藏到了前胸的什么地方。

"祝幸福。"我们听到了必不可少的商业口头语。

巴沙很不友好地睥睨着渐渐走远的女商贩，啐了三口，并总结说：

"你看这些，会开得很久的。"

"要是它们能开的话。"我不知为何说。

"不开它们能躲哪儿去？"他说，并且再次挑剔地查看了花束。

剧院里一派前所未见的忙乱。我记起来，在胡同里等着一辆急救车，并且眼前出现了一位戴着格子小檐帽、用一张展开的报纸遮着脸的司机。通往大厅的门是开着的，观众三五成群地站着，满脸担忧地在交谈，穿着熟悉得不行的服装的演员们也在这里，和他们混在一起，走来走去。在两张并在一起的桌子上躺着我们的克秀莎，一个阴沉着脸的、严肃的、长着一双圆得像被逮住的鱼那样的鼓眼睛的医生，低着秃顶的圆圆的脑袋，俯在她上方在施魔法。

我们挤到近前去，盯着看她那苍白的脸。周围一片不安的寂静，好像是新的不幸的前奏。人们紧张地低声交谈着，我听见，一个到了对于追求穿着而言不可救药的年纪，却打扮得矫揉造作的女士对另一位——看起来是女友的人讲：

"过量用药，尼图莉娅，这是当麻醉品太多了。但这里的事情不在这儿。"

"怎么回事啊？"那个人没明白。

"好像是中毒。"

站在旁边的一个小伙子，不友好地斜视了这对女伴一眼。

"这哪是什么过量用药啊？"他受到侮辱地嘟哝着。"如果你们不知道，就别说。"

在近旁某处有几次划火柴的声音，接着冒出烟雾。

"不要吸烟。"大夫当即头也不回地说。

出现了短暂的骚动，其结果是香烟被熄灭了。能听见嘘声和讥笑，而一些新来的观众被告知了情况，从走廊某处过来了。

自学成才的人们

"阿列克丝，阿列克丝，"一个年轻人很做作地叫着她，可能是爱慕者，也可能只是个戏迷，虽说看起来，所有的戏迷都长期坠入爱河并且他们自己也不知道，怎样相互区分这两种温和的迷恋。年轻人留着束成小辫的长发，而且不知为何把右手伸到脑后，把自己的小辫攥在拳头里。

娜斯佳导演站在侧面，目不转睛地看着他。巴维尔也又妒忌又鄙视地看着年轻人。

"阿列克丝，阿列克丝，"年轻人喃喃着，转向娜斯佳。他的小辫晃动着。

"也可能……"她不很自信地推测着什么不为人知的东西，走到角落里哭了起来。

过了两分钟，克秀莎被担架抬出去了。卫生员在一旁迈着碎步跟着，高抬的手里擎着点滴瓶。

巴沙把花束放在了空出来的桌子上。桌子上还放着药品的包装盒。他拿起它感兴趣地仔细看了看，然后扔到了垃圾桶里。

"唉，小伙子们，小伙子们，"医生气恼地说，没有具体针对任何人，"你们这是往哪儿看呢？"

一个女卫生员低头从我们身边溜过。医生在桌旁坐下，把花束推开，潇洒快速地在一个像诊所地图的本子上写着什么。他漫不经心的眼光钩住了斯坦尼斯拉夫镶着黄铜框的肖像照片，便挂在它上面了。他摆了一下手，抓起自己的小金属箱就开始下楼梯。巴沙突然走近垃圾桶，掏出药盒并再一次仔细看

166

了看它——从反面，印着批号的那一面。

"真有你的，"他带着一种我不懂的骄傲冷笑了一下，"用我的药服毒自杀。"

过了两分钟，我们全都在下面了。门大敞四开，并且为了让担架通过，用砖头倚着，巴维尔紧靠门边站着，痛苦地看着街上。他那擦得锃亮的皮鞋染上了砖沫的粉红色灰尘，并在地砖上踩出淡淡的暗红色的脚印的轮廓。

"应该给父母打个电话。"我说。

"说是已经打过了。"娜斯佳说，瑟缩一阵，肩膀颤动起来。

我们跟在救护车后面，在石桥附近跟丢了，后来在柳辛诺夫斯卡亚街追上了，并且在快到医院时我们是头一个到达的。

"现在干点啥呢？"当抬着克谢妮娅的担架进了楼，巴维尔问。

"担心。"我说。

"别走，"巴维尔请求，"咱们坐一会儿。我感觉不大好。"

我们从胡同里开到苏沃罗夫斯基大街，开过消沉的林荫道，为了找夜店拐到了特维尔街上。行人已经很少了，关门的商店亮着不甚鲜明的橱窗，然而沿街及在胡同里一些妓女筑了巢似地站着，像蟑螂在管理不善的房子里做窝一样。她们染过的头发在黑暗中闪着黄色。

天气又湿又冷，发出不清晰的嗖嗖声的汽车溅起大片的水花，像被犁铧翻起的泥土一样的均匀的喷泉，很响地抛落在人行道上，然后它们慢慢地沿着路灯锥形的基座滑落。路灯就像受损的花朵，从苗条的金属花茎的高度无力地垂下灯头，疲惫地观察着街道的生活。一辆警车紧靠着路肩，像装流浪狗一样，塞满各色年轻的女人。车门是打开的，里面黑洞洞的，悄无声息。并排停着一辆很大的扁平的白色"福特"车，车身带一道儿蓝，车顶有三盏警灯，一个穿防弹背心、手持自动步枪的中士在来回走动。

"不会有事儿的，"巴维尔突然说，"你看，那个尤拉已经把海洛因戒了——他曾经可是吞了一整盒的。只是尿频，没有其他症状。"他的声音里透出一种刻意的无忧无虑，而且能感觉到，他自己也很清楚这一点。

当我们从店里出来时，我们不得不绕过一个在警察手里扭动挣扎的姑娘。两个人扯着她的手臂，而她整个身体往下坠，屁股擦着柏油路。一个单薄的大尉手持对讲机在附近来回走动，挥舞着空着的那只手，在发号施令。过路人害怕地避开，贴紧一家书店所在的那幢楼的外墙，希望快点绕过这一行动。陈列在橱窗里的书在放倾斜的书架上，书名朝外，好像躺在躺椅上，懒洋洋地看着外面发生的事。其中一本书的书名是这样的：《昆虫的生活和习性》。

一个姑娘加入了到我们这里来——她从后面的什么地方靠近，挤进了我和巴沙之间，紧张慌乱地用冰冷的双手挽住我们的臂弯。在闪亮的柏油路上，她的影子在湿漉漉的影像那模糊不清的线条下与我们的并在一处。

"能让我和你们一起走到拐角那儿吗?"她开始喃喃地说,一边扫视着四周——向那边看去,那里已经抓着年轻姑娘反抗的肥腿,把她抬了起来。

"谢廖沙—沙!"那女人尖声叫起来,喊声盘旋起来又消失在飞驰而过的汽车的呼啸声里。

我们的新相识明显冻得发抖了。她的脚在老长的、按夜晚的时尚开衩高达胯部的黑色裙子里直拌蒜,而且有几次她走得不稳,高跟儿一歪,向外侧脚踝方向栽过去。

"可以不到拐角去。"巴沙说。

姑娘无力地一笑,道了谢,但继续转动着一双因恐惧和化妆而大睁的眼睛,留心地观察街面。我们就这样——三人一起走到了车前。

"你的人在哪儿呢?"巴沙问,指的是靠她供养的相好。"你是一个人咋的?"

"一个人。"姑娘说完,瑟缩了一阵。"桑塔。"她娇滴滴地向恰巴自我介绍道,一边把冻僵了的手掌伸给他。手掌他固然没有接受,而且还粗鲁地嘟哝着说:

"你怎么,不是俄罗斯人?"

"为什么不是俄罗斯人?""桑塔"觉得奇怪,"我是俄罗斯人。来自白俄罗斯。"

"来自白俄罗斯。"恰巴重复了一遍,点火发动。

"桑塔"在后座上坐下来,坐在我们之间。犹豫了一下,她又挽住了我们的手臂。

"你们这儿能找到吃的吗？"她突如其来地问。

"找找吧。"巴沙笑了。"怎么着？咱们去哪儿呢？"

"我有邻居。"我提醒说。

"明白。"巴沙点头，于是汽车朝办事处奔去。

在办事处我们从纸袋里把食物倒出来，大致摆了一下桌子，拔掉伏特加的瓶塞就匆促地开喝了。恰巴没和我们就伴儿，开车跑去办自己的事了。姑娘安静地坐着，努力做出一副见惯不怪的样子。除非是那幅画令她不大自在，电工不久前在画的旁边装上了一盏精致的射灯。她一直在看着它；开始是短促地瞥几眼，但后来就直接公然盯着它仔细看了。完全可能是这幅画在她眼里确实是这里唯一的稀罕物。

"你们的这幅画……"

"老的。"巴维尔不无骄傲地说。"它有一百岁了。"

"九十七。"我更确切地说。

"桑塔"着迷的眼睛没有从画上移开。

"你看呐，"她赞叹地拉长声说，并拿起一个三明治，"可完全像新的一样，是吧。"

手指带有很久前的保养痕迹，但指甲上斑驳着剥落的甲油。看着画，她很快地吃掉了三块三明治，然后想了一下，又拿了一块。

"喝吗？"巴维尔问。

"桑塔"果断地点点头。

"而我从来没到过海上，"她说完又马上问，"浴盆在哪儿？"

几分钟后她出现了，赤裸的身体泛着白光。我呛住了，停止了咀嚼，而她得胜地微笑着。

"你还是穿上的好，"巴沙斜视了她一眼，警告说，"会感冒的。"

"是吗？"她不是很自信地问。

"跟你说真的呢。"巴沙肯定说，又倒上了酒。

她穿好衣服，开始抽烟。

"怎么样，桑塔，"巴沙问，"日子如何？"

巴沙的朴直让人不由自主愿意进行坦诚的谈话。

"租了个单元房。和女友一起。"

"那在家里时做过什么呀？"

"中专毕业后在一家缝纫厂干活。姑娘们走了，我也和她们一道。在那里坐着有什么用呢？"她用一种委屈的声调说。"什么也坐不出来。所有的人能跑的都跑了，跑哪儿的都有。"

"你几岁了？"巴沙问。

我好奇地等着，听她对此怎么说，但是她没察觉出这样的问题里有什么不礼貌和侮辱性的东西，简单地回答说：

"十九。"

可能她真是不知道，这对于某个人来说可能是侮辱性的。

"很好。"巴维尔说。

她嘟起嘴唇并宣布：

"顺便说一句，我在攒买房子的钱！"

"攒了很多了吗？"巴沙实事求是地询问。

"已经攒了二千了。"桑塔信任地告知。

巴沙不置可否地点了点头，把第一瓶里剩下的酒分给大家。

"桑塔"又喝了两杯就很快醉了。

"我能不能在你们这里睡一会儿？"她问完看了看沙发。

"睡吧，"巴沙允许了，"谁能不让呢？"

她重又脱了靴子，整了整发型，把头放在沙发扶手上，然后欠起身子够到包包，歉意地笑着把它放到了自己的脑袋下面。

"真是的，"她忧心忡忡地揉了揉脚上发绿的瘀斑，"在正派人家里都不能脱衣服。"

我们同情地点了点头。要么是她有铁一般的神经，要么是她累迷糊了，但是过了几分钟她真的睡着了。

"你看，你看，开了。"巴沙指着她床头处放在和沙发并排的小桌上的郁金香说。花蕾像脓包一样鼓胀起来，起码胀大了有一倍，而暂时还闭合着的绿色花瓣的末端，小心地泛红了。

"唉，我的房子要完蛋了，"巴维尔烦恼地说，"要完蛋了。房子要是不住的话，都得完蛋。这不是我想出来的——验证过的。我不是刚回去过嘛——全都撂荒了。

而……"他一摆手。

"卖了。"我建议。

"我是没钱还是怎么的?不能卖了它。怎么能把老宅卖掉呢?"

"好像是可以的,也许。"我说。

"它也不值什么钱,"巴维尔突然想起,"你看,我的西服都比它贵,我敢说。"

"桑塔"在梦中动了动,嘟囔了一句什么不清楚的话。我们压低了说话声。

"房子要完蛋了,"他用大声的耳语重复了一遍,"可惜了,曾祖父盖的呢。"

我斜视了一下花束。花蕾已经稍稍张开一些了——娇嫩地、羞怯地,像为亲吻开启的朱唇。

"知道吗,"巴沙说,"早先我以为,我无所不能。但现在我看出来了,我只能做那些钱能够办到的事。"他看了一眼花。"你的书里面关于这一点是怎么写的?我觉得恐惧。"他在持续的沉默后补充道,而我不无苦涩地想,这是获得文化素养的第一步。而且这是整个长夜唯一的一句有价值的话。

我也看着花。现在绿色仅存于底部了,就是花茎结束之所以及花盏从中长出来的地方。花瓣末端费力地张开来,分散开,舒展开,像被风鼓起的帆,单薄而轻盈;厚实多汁的叶子躬身做彬彬有礼的鞠躬状,在桌子上占了很大的地方。

透过短暂的梦,我听见办公室里的电话响了很长时间,还听见巴维尔冲着自己的迷你话筒说了什么。

"桑塔"在七点半钟睡醒了,眨着因化妆品而变得沉重的睫毛,在记忆中还原着昨夜的事情,好半天才回过神来。一开始她惊恐地坐在沙发上,把腿收回到身子底下,然后晃了晃脑袋,把腿放到地上,把脚伸进靴筒里。巴维尔坐在圈椅里,用手盖着脸。我准备了咖啡。

巴维尔艰难地起身,走到保险柜跟前,拿出了三沓用银行的纸带捆扎着的纸币。然后回去又加了一沓。

"拿着,"他把钱递给"桑塔","给自己买套房子。"

她一瞬不瞬地望着他。

"接着呀。"他说完,亲自把钱塞进了微敞着口的包里。"你应该做什么?"他问。

"我会买一套房子。"姑娘挤出一句。

"别忘了,"他笑了,"桑塔。"

姑娘掏出口红管,但不知为何没有去涂抹。

"我叫斯维塔。"她小声告诉说。

"好了,姐们儿,"巴沙说,"你该走了。"

她点了点头,用颤抖的双手摸索着自己的东西,开始收拾。她怎么都无法把靴子穿到左脚上,把丝袜都扯破了,于是勾脱的袜丝顺着大腿延伸。

"等一下。"巴沙突然想起来,从花瓶里拽出自己的郁金香并把花茎上的水往地板上甩了甩。"给。"

姑娘害怕地看了看我,接过了花,而且把包弄掉了。

"你怎么了？"巴沙不满地说，把包捡起来，塞到她夹紧的胳膊肘下面。

"再见。"她声音僵硬地说。

我们只穿着衬衣在遮雨板下站了几分钟。夜间上冻了，冷得很，所以在我们的正前方挂着些从遮雨板上垂下来的细细的、发黄的冰溜。

"咱们开车捎上这个笨蛋吧。"巴维尔依旧目视前方，没有变换头的姿势，说道。"午饭后会让出院，六点时往那儿打电话了。"

"什么？"我问，"你买吗？"

他什么也没回答，活动活动身子，舒展一下肩膀，仰起没有刮过的下巴，把头抬得更高些。

已经是早上了，天亮了，看起来是个晴天。带点将能分辨出的橙黄色调的红色转化成雪青色，像寒冷的冬天的早晨常有的那样。慌乱的唤醒声音不拘礼节地冲击着耳鼓。一辆孤零零的、没什么乘客的无轨电车在街上跑着。打扫院子的人在凿冰，并用刮铲把裂开的硬冰壳清除，露出上冻的柏油路面。"桑塔"微微保持着平衡，努力在清理出来的地方落脚，顺着这条路走过去了，一次也没有回头看。她像是走在雷区或者等着背后一枪那样，很不自然地把后背挺得笔直，像个洋娃娃，而花束用两只手直直地捧在身前，像擎着个旗杆。我们看着她走到了地铁站。字母"M"还未熄灭，在洞口上方惨淡地发出红色的光，那洞口就像吸尘器吸食灰尘一样，把还未睡醒的、愁眉苦脸的人们的灰色身形吸进自己的肚里。

寒冷把我们赶到了室内。

"他们一般都是会逼问的,甚至在吸食海洛因之后逼问,"已经是晚上了,当一切都结束了,我们也什么都知道了时,娜斯佳在电话里对我说,"这里的一切也跟平常一样,只是打的针不是那种。妹妹不在……我不知道。结果就这样了……"话筒里传来号啕声。

飞机还悬在空中,而我在飞机上,还在观察云层的上边那一面,从地上看不见的背面,那单调无聊地一直铺展到目光所及的地方、令人想起北极的雪野的那一面。在舷窗的淡褐色挡板上,就在抓手的凸起部上方,可能是用小刀刻的划痕:"就叫巴沙"。空姐在机舱里走动着,习惯性地微笑着,身前推着硬铝合金的小桌子,上面陈列着标签鲜艳的瓶瓶罐罐。我邻座的女孩们兴致勃勃地看着桌上的东西,并选了包在窸窣作响的小袋子里的开心果。坚果响亮的咔嚓声、包装袋和轻薄的果壳的窸窣声突出了飞行应有的寂静。在前面的某处一个一岁左右的小孩哭闹起来。

我确实有一种幻觉,我们向天空升得越高,留在自己身下的高度越大,上帝就降落得越低,为了不合情理和毫无意义地死去,就像那些轻信的动物死去时一样。他在那里的某个地方,在下面,在异教和宗派以及好战的宗教混杂的地带中间。于是我们突然恐怖地明白了,世界——这一美妙的和"神奇地建造好的"、光明和纯洁的人类居住地带——是不分彼此地赠予我们的，我们勉强掌握了一些课程、尚未准备好就开始接受遗产了，再没谁可以指望——一切都在我们手上，而这些手在颤抖。

这是我生命中经历的第一次死亡，如果不算我八岁时那只被剁了头的公鸡、偶然被踩死的蚂蚁和有预谋的蟑螂的大规模死亡的话。对了，我们部队里还有一个上等兵上吊自杀了。他是立陶宛人，大高个，阴沉而强壮——是个真正的巨人。作为最笨重的人，他总是头一个跳起来。他的立陶宛姑娘寄来一封信，信中写道，要嫁给另一个人。谁能想到，巨人们能干出为了爱情而上吊的事呢。他用降落伞的吊索吊在仓库里了：脑袋歪向一侧，嘴里露出紫色的舌尖，仿佛吃多了黑果越橘；我们领导当时很是忙乱了一阵。而我们，我记得，所有的人无论如何都想不通，怎么能因为这么微不足道的小事而自缢。

小女孩阿列克丝如此粗糙地划了个句号，句号扩散成为难看的墨点，这之后，我的事情中就形成了省略号的位置，其重要程度丝毫不比句号差。我记住了我在生活中遇到的许多人，全靠他们赠予我的那些个句子。确切地说，记忆中留下的是那些句子，而人们则是作为这些句子的附件记住的，就像会说话的洋娃娃，尽管他们不是洋娃娃。就连斯特列利尼科夫好像也曾断言：我们的时代是这样一种时代，很难迈出一步，——你就这么抬起一条腿站着，直到有谁自己挣脱出来，扭转乾坤，第一个亲吻那些僵硬的、中了魔法的嘴唇。一直觉得，无须着急，事情尚未被做尽，并非一切都准备好了，可能，明天在我们身上就会发生什么不同寻常的事情——某种我们为之而忍受着日常生活那无穷无尽的呓语和节日那大声叫嚣的荒诞而活在世上的事情。而明天——这已经是今天。已经是昨天。

我和阿拉见了面,我已经知道会发生什么,不知道的只是这将如何发生。

我们光着脑袋在街上溜达。这天的夜晚特别好,是个舒服的夜晚。树木是湿的,黑色的树干闪着亮光,因湿气而膨胀的树枝悬吊着斑驳的光影,大滴大滴的水珠从树枝上掉下来,发出不大的声响。

在两楼之间的夹空里,有一座教堂亮着灯。我们从小路上下来,径直沿着草坪走去,草坪上有些地方还留有发白易碎的积雪。鞋跟陷进发软的泥土里,将一绺绺黑色的烂草压下去。教堂的墙上挂着一块大理石的牌子,上面光滑的铆钉帽儿发出反光。

"亚历山大·瓦西里耶维奇·苏沃罗夫是这座神圣教堂的本堂教民。"我按音节读着大理石牌子上的题词。

我们默默地交换了一下眼神。既没有汽车,也没有人,只有我们两个人。

"你看看,真是空空荡荡!"阿拉感叹道,在路上停住脚步。

宽阔的十字路口那湿漉漉的、凸起的柏油路面在路灯下闪着光。红绿灯在闪烁,向下,向我们的脚下,洒下一会儿是红色的,一会儿又是绿色的光的涂痕,它们像擦亮的皮靴筒褶皱处发亮的地方一样闪亮着。离春天还很远，但是见暖的、怡人的空气里已经注入了期待。我们也就剩下等待了，而这总是令人最难以忍受的。附近一家咖啡馆的窗户亮着灯，窗子在铁皮的遮雨板下面，埋在石头里——这类咖啡馆现在在莫斯科多得很。半地下的窗户踮着脚尖望向已经没有任何人在上面行走的林荫大道。我们进去了。

一张桌子旁几个很不错的小男孩在吵嚷和争论着什么，另一些桌子旁是两两成双的人在低声交谈。金属支架上电视机在无声地闪烁，它的声音被调低了。屏幕上闪过的是一些穿着深色西服、打着领带的中年男人在计算机做出的大陆背景下的镜头，这些男人在回答一些穿着粉红色和蓝色衣服的端庄干练的女人提出的问题。在镜头的一角悬着一个不认识的台标。嘴巴在无声地动着，发出重要的政治交谈的对话。女人们的嘴巴显得更大些，她们涂了口红的嘴唇轻松地张合着，听不到词语，只能看到口型。这发生在很远的某处，在地球的某个天涯海角。

"啤酒和橙汁。"我对服务生说。那人记完，已经要走了。

"你们这有伏特加吗？"阿拉突如其来地问道。

服务生看了看她，再看看我。

"怎么会没有？"他说，并不很明显地微笑了一下。

不知从哪来了一个黑发、穿雪白西服的美男子，用黄色的软皮制成的宽带挎着一把吉他，以早已被忘怀的大车店的快乐引诱着观众。有人为之所诱惑了，他就柔声细语地唱了一首关于月亮、关于奔跑在冬天的路上的马儿、关于藏在骑手皮袄下面的忧伤的歌，——所有这一切都与精神气质的七和弦协调得要命。

"你知道吗，"她俯身在小花瓶上方，说起话来，"我上中学的时候，我们九年级转来一个男孩，而且一下子就爱上了我。他住的很远，我从来没去过他家。为什么呢？通常都是他快八点时来，往窗户里扔一小块冰。对面是奥地利使馆。他对我说，所有的哨兵都认得他，甚至都不出岗亭。在毕业晚会上他送了我二十三朵玫瑰。为什么是二十三呢？可能，钱只够买二十三朵吧。我知道，可我不喜欢他。我是这么觉得的。就是觉得愉快，再没别的了。挺可笑的一个小男孩儿……然后他被征兵打仗去了——记得吗，那时阿富汗在打仗——在那儿被打死了。我得知这件事是过了一年还是半年，已经不记得了。一个同班同学说的。我什么感觉？没什么感觉。不，很可怕，当然了。真恐怖。"

黑眼睛的歌手又出现了，用狡猾的、专注的目光扫视着。"瓦灰翅膀的燕子在我的有边框的窗下盘旋……"他唱道。再没有别的人了，但离关门还早。"燕子有温暖的小窝"。

"然后我快活地生活着。有过很多小伙子，他们都是那么有趣。他们全都超级会做。爱，比方说。"她笑笑，短促地看了我一眼。"他们全都那么的聪明、现代。只是和所有人在一起我都觉得很孤单，尽管我好像也是爱他们的，可是和他在一起，我从未觉得自己孤单过，尽管我没爱过他……也许，这就是爱情吧……我记得毕业晚会——我们在桌子底下喝白兰地，躲起来了，不然——女校长说了——不给毕业证，如果发现谁喝醉的话。男孩子们反正还是喝醉了。我和他一整夜都在莫斯科到处游荡：他带着我，而我带着这束花。一整夜和一上午。我记得，我的鞋跟在寂静中敲击得那么响……太阳是那么的好……鸟儿像疯了似的在林荫道上歌唱。洒水车开过去，浇了我们一身水。我和他一直走到午饭时。然后整个上午都是在门洞里的台阶上坐过去的。怎么都分不开……然后我父亲上楼来了，我就走了。我们那儿旁边的一栋楼在装修，隔一个胡同。他只走到那栋楼就开始在那里的角落里撒尿——可能是忍了一宿，不好意思说，而在那儿憋不住了。真傻。我从窗户里看着，我的窗户正好朝向那个地方。真挺可笑的。可笑……真是的，我当时去冬令营了，去滑雪了。我甚至记得这个词——木材采运企业。木材采运企业。"她留心听着自己的声音，说。

"我们那时候全都是另外的样子，不是像现在这样。而玫瑰那时是一个卢布一只。"她若有所思地说。

我本来想问，她为什么把这些都讲给我听，但是，总之，是反应过来了，而且幸亏忍住没问。

"我家里有毕业照。很大的一张，大家全都有，那上面全班和老师围成一圈，围成长圆形。就这样，我看着他，就在想，天妒英才……我们看重高尚，感受到它的美。可现在我们看到，它身上只有美，而没有意义，因此它没有任何用处。而我们的时代需要意义，因为美在任何时代都多的是。"

我没参加过那场战争，也没被打死过。不仅如此，甚至从未有人在任何时候朝我开过枪。但是在那一刻，不知道为什么，我感觉很难受，我只愿——穿着洗得发白、被太阳晒得褪色的军装，躺在山谷的滚热的石头上，那里有一条清凉的溪流在潺潺流淌，呆滞失神的眼睛映出高山的浓重的黛青。

但这都过去了。

三月份，熟人向我推荐了一份工作——就在之前提到过的那份杂志——于是我拿时间换了钱。工作量很大，也有点无聊；我挺长时间都无法确定，这种交换是否划算。我和拉祖瓦耶夫的功课变得越来越稀少，并且渐渐完全停止了。

令人惊奇的是另一件事——冷漠逐渐主宰了他，尽管这一决定性的转变有一些重要的原因。早在克秀莎死之前，他就已经觉得自己毫无意义的任性是一种负担。哥哥的死引起的不快也非一日之寒，而是像远星的光，有种姗姗来迟的扭曲罢了。对这些细节我所知不多。事情从他不再出现在自己的办事处和一连几星期无影无踪开始的。阿拉已经不上班了——就算没这件事，我们也几乎不见面了。一次她对我说，巴维尔向她借了债。这已经完全不可理解了。

而后就开始走下坡路了，就像人们通常说的那样。

"你用自己的芭蕾舞剧把他给洗脑了。"阴沉的恰巴肯定地说，正经得像清教徒。

一开始我自己也是这么想的。模仿世界的追求时不时会在其疯狂中生出智性的怪物，这些怪物代替心脏的——是石头，还能是什么！而代替神经的——是他人的发现那没有起伏的、断章取义的字句。

我和恰巴在等巴维尔。车停在办事处附近，靠近斯列坚卡街上那个装束奇特可笑的"阿塔曼"——在两幢楼之间，正对着儿童游乐场。我的目光漫无目的地滑过被火蚀刻的木头人偶，沿着小木头房子的尖顶攀爬，在门窗框的雕饰上闲逛。

"我们很快会被打死的。"恰巴漠然地说，眯着眼睛看了看挡风玻璃，从车里出去，用一块布满长着蓝鼻子的黄鸭子图案的淡褐色抹布把它擦了好长时间。

"为什么打死？"我问。

"就为那个，"恰巴凶巴巴地回答，"知道得越少——睡得越香。是不是这个理儿？"

"也许，是吧。"

自鸣得意的艺术！自鸣得意的傻瓜！我是带着吵架时所特有的直白说这个的，就像斯维亚托斯拉夫向相邻的民族宣战时的直白一样，如果相信我们的编年史作家的话。艺术震撼人心——但仅此而已，而且这阵风从来都吹拂不了很久。风越大，它越易逝；甚至风只是在秋天才能把叶子从树上摘下，而夏天它们会留在自己的位置上，等待着自己的时刻，并因它的没耐心的、贪婪的、看不见的手而不满地闪避。艺术能够改变的只是艺术家的生活，就连这也只是朝着更坏的一面改变。

"这叫什么事儿呀，啊？"我出声地评判道。"艺术无力

自学成才的人们

改变世界,不能清除痛苦……我们可怎么活呢?"

恰巴蹙额地看了我一眼,用手指在鬓角处转了转①,就掉开了头。旁边孩子们在游乐场上玩耍。他们响亮的声音传到我们这里来,被午后的太阳稍微压低了些:

"在金色的台阶上坐着皇帝、皇子、国王、王子、鞋匠、裁缝,那你要当谁呀?"

既没有善,也没有恶,反正我们只剩下缓慢的时间——沉重的、慢腾腾的,像混凝土搅拌机里的砂浆,而我们在那里扑腾——要么是乳胶碎条,要么碎石块。

孩子们又一次提出了自己高明的、由来已久的问题,然后大笑着,像掉在地上的硬币一样,四下散开了。巴维尔出现了,我们坐进车里就驶离了胡同。巴维尔显得比乌云还阴沉,沉默地勾起双手,细看自己的指甲。

"你要做什么?"我问他。我转过头去,看着汽车从两侧涌上来,把我们已遭灭顶之灾的重点中学②置于拥堵的最中心。

"我会想出办法的。"他不善地冷笑一下,和恰巴阴沉地对了下眼神。

他们把我送到工作的地方——一幢带红瓦屋顶的楼,曾经是一座学校。

"那好吧,"巴沙结束道,"我自己会找到你的。"

恰巴一个急刹车。

---

① 俄罗斯人的习惯动作,表示认为对方说的是蠢话。——译者注
② 这里指汽车,因主人公常在车里上课而戏称之为"重点中学"。——译者注

"走吧！"巴沙喊道。

我和二人道了别，一脚踩进了水洼里，水洼里藏着些细小的雪花——今冬最后的偶存的雪花——那里还像臭鸡蛋的蛋黄一样，摇晃着路灯的倒影。正门装有独特的把手，状似伸出来要握手的青铜做成的手。我抓住这只冰冷的手，感觉到新时期的冰冷的一握，这一握仿佛把我们手掌里的温热都给冷却了。

我的办公桌安置在占据墙面三分之二的窗户边上。开春时节特别的迷蒙——雾气每天都笼罩着街道，我看得见它无人的一角，但当天黑下来时，雾气中就剩下难以找到一个合适比喻的、发光的三角形了。

"你看这个材料挺有意思的。"有一次主编说，并将一卷报纸扔到我电脑键盘上。"新时尚。这是某种新鲜事物。我们这是第几期？……第七期，九月号。见鬼，这个适合我们用。等一等，"他抓起报纸，"这是什么时候的事？"

"秋天，想必是。"我推测。不知怎么的我记起了商业魔术师波利斯尼琴科，他那绿色的眼睛，不加区分地对任何乖张行为以及没有身份的、毫无用处的轻浮举动都大加赞许的眼睛。

"嗯，对呀。"主编为难地闭紧嘴唇。看得出来，他完全是在想别的事情，他的思绪飘得很远。"就该写这样的东西。可惜，关于这个已经有了。他们，当然啦，醉心于此，但是，从另一方面来讲……总的说，宁可如此，强似什么都没有。"

"不要悲伤，"我以广告词回应说，"一切还为时不晚。"

"不，生活——这毕竟是生活，"他赞叹地发出感慨，而且甚至还喷了一下舌，"比任何幻想都丰富。我说的对吗？"

窗台上收录机在哇哇叫着。播音员在用精神饱满的声音教导着如何与卫生设施做斗争，电台嘉宾一个不落地全都对日常生活中的欺诈愤愤不平；然后是某个关于战争的报道片断："'而我们那儿是海军，'一个女人说，'他们全都是魁梧强壮的男人，他们对我说，你怎么能拽得动我们呢，你这么小，放弃吧，爬回去……'"我听着并不能想象出这个女人的样子，而是看到了另一种景象——白色的烧透的城市，南方灼热的太阳。而后有人调了频率，赶上了一首流行歌曲的结尾，音乐节目主持人用明显破了音儿的男中音说："地汽油（球）和以碗（往）一样在询（旋）转，一起（切）都照常进新（行）"，而这——无论怎样——都很像实话。

有时，我偶然路过办事处。可笑的遮雨板和窗户和以往一样占据着自己的位置，但是不知怎的令人觉得，它们已经有了新的主人。招牌确实仍旧是那个招牌。有意思，我想，那幅画，海的，去哪儿了……有一次傍晚的时候，我发现一个褐色的黄斑，就像那时候开的不是吊灯，而是放在室内深处的台灯那样。我从无轨电车上跳下来，长时间地按门铃按钮，直到门口出现一个穿迷彩服的男子，扎着军官的皮带，上面挂着一个手枪套。他用宽大的手掌将睡意从未睡醒的脸上抹去，不信任地朝我看了又看,告诉说,现在这里即将是一个银行的分支机构,而关于原先的房主他一无所知。所有的电话,包括秘密的手机在内,全都像切断了一样没有反应,甚至连用温柔的声音通知说"用户暂时无法接通"的"移动"姑娘都再也不回应我的信号了。于是一个念头越来越经常地出现在我的头脑里,那就是用户在这个世界完全不再能够接通了。

阿拉去了伦敦——我没去送她。这一天过得安静,烦闷。她打了一次电话——我没在家,邻居和她说了会儿话。他说,电话是国内长途,但她没给我转什么话,也没留自己的号码。

我带着持久的孤独感送走了春天,持久得如同地板漆的味道。而这与鲁布廖夫的隐修士公理形成矛盾,因为按照这一公理,感觉是短暂易逝的。

市中心很快就变干了,春风快活地抚摸着它,把手指探进隐秘的洞穴。但是在郊区一股股细流还要流淌好长时间,被温暖的泥土弄脏的小男孩们,像二十年前一样,用树枝和碎石子筑坝,而叽叽喳喳的小女孩们则用含白垩的石子在院子里的柏油路面上画跳房子的格子,格子里像蹩脚的肖像画的脸一样,微笑着五颜六色的数字。从肥沃的、在阳光下闪闪发光的褐色壤土里,迎着光亮钻出了黄色的蒲公英,高高低低地停在柔弱的、毛茸茸的细小的花茎上;随后草钻了出来,一个接一个地用多汁的碧绿的草丛覆盖了草坪和林间空地的秃顶。

杨树以有黏性的、使人头晕的芬芳助力我们一年不如一年大胆、果决的希望和梦想。

我仍然一直在等一通电话，而也许，是两通，可是电话总是被全然别样的嗓音、愿望和问候激活。导演斯特列利尼科夫打过两次电话，希望找到巴维尔。

"怎么，电视机自己打开了？"我没忍住。

"电视？啊—啊，电视。是—是，"他嘟哝道，而后说："这里弄出这样的事……"就挂了话筒。

过去和将来还存在过，一个把另一个洗劫一空，而时间本身却越来越经常地不见了，因为当下——这正好是全部其余的东西。它们的轨道从不交叉，它们并排而行，甚至就算延伸，无限延伸，延伸到无能为力的视线界限之外也一样。造物主做了什么孽，破坏了怎样的世界，在起意臆造我们的世界时，构筑了怎样的冤屈，把谁淹没在犹豫不决的泥潭里了？

这些拱肩缩背的问题严严实实地围困着我；我觉得过路人看得见他们的实体，因而都回头看我。下班后，我迈步走在傍晚的街道上，就是行走在它们中间，就像知名人物被记者们围着那样，于是符号们，那些无辜的符号，我们用来在文字中表示它们的符号，大张着自己的嘴巴，活像斯堪的纳维亚古代的"凶猛野兽"，就那么永世地、永久地凝固了。

我最后一次看见巴维尔是在五月最初的日子里。他明显瘦了，并且消瘦的厉害。我发现他给自己添置了一个钱夹，这是他以前没有的习惯。衣着上的邋里邋遢很显眼。蓝色衬衣的领子折痕处脏得发黑，而西服上不明来历的斑斑点点厚颜无耻得甚至让没有成见的人也会感到刺眼。

我陪着他进了屋。看到打字机上插着的打印纸，他笑了一下，好像想起了什么可笑的事情一样，并用手指在纸上弹了一下。

一个小时的时间里我们郑重其事地喝着茶，直接把它冲在茶杯里，并用牙齿嚼着喝进嘴里去的泡开的叶片。谈话围绕着他的事情进行，大部分都是我不懂的。

他提到各种响当当的人物名字，在他们中间甚至熟悉的米哈伊尔·伊万诺维奇都被当作是学徒，但是所有这些话与其说是要说服我，不如说要说服他自己。他不是那种不战而降的人，甚至就算被打败了，也几乎不会讨饶，但是这一切更多地令我想起法力受损的诅咒。

我再次注意到，他看起来很疲惫。他的动作有些勉强，灵活的只是一些个别的身体部位——躯干在这时保持着一种紧张的静止。

"在底层。"他开了句玩笑，并给我看一个用宽胶带粘得结结实实的盒子，抄起把剪刀就把盖子打开了。盒子里，一把裹在我熟悉的带小鸭子图案的抹布里的短式卡拉什尼科夫冲锋枪躺在那里——也是一件熟悉的物品。我们当兵时用的。巴维尔小心地，像对待婴儿一样把它拿到手里。"真漂亮！"他赞叹地说，并用因尊敬而颤抖的手指摩挲了一阵子枪杆，好像那是珍爱的人娇柔的、绸缎一般的光洁闪亮的脸蛋儿一样。

"到底发生什么事了？"我问。

"一切都已经发生了。"他不情愿地回答。对自己的事他从来不喜欢说得很明确。"是的，钱——就是王八蛋。"他像老年人那样嘟哝了一句。"很快就能赚回新的。顺便说一句，这是那个导演……"他从钱夹里掏出张名片递给我。"我答应给他钱了。总之，你打个电话，说点什么。安慰的话……你不打算想拍电影吗？"

"我为啥呀？我又不是导演。"我笑了笑，想起了"曾经的雕塑家"这个说法。

这时，我把装着武器的盒子藏到一大堆书里，一边因为灰太大而打着喷嚏。

"你走吗？"巴维尔问。

我本就要去学校，于是我开始换衣服。三点半的时候，我关上了窗户，把烟灰缸里的东西倒到垃圾道里，然后我们去坐电梯。楼门在我们身后砰一声关上时，我发现我把烟落在家里了。

"给我根烟抽。"我请求说。

"戒了，"巴维尔说，"你去买吧。我正好掉个头。"他朝街对面的商亭一晃头。

他的车有点倾斜地停在人行道上。

"我暂时自己开。"他含糊地嘟囔一句，把钥匙弄得叮当响。"所有的人都抛下我了。"

当我把找回来的零头——蓝色的、脏得发灰的一百卢布，旧得像破布一样，简化文化的万恶的钱儿——塞进兜里时，我听到了发动机启动的声音，而等我回过身，就听到了一声爆炸声。漫向树篱的水洼突然冒出橙黄色的火焰,汽水广告就是这么做的——浓浓的色彩大量向上喷射,好像要从电视屏幕上流出来,把房间淹没在喜庆的波涛里一样。

过了一秒钟一本相册啪的一声落在我的脚下——这是堆在车里的那些相册中的一本。这是涅斯捷罗夫画作的复制品集子,封面是少年瓦尔福洛梅。牧童站在阴沉的天空下,笼头拖在草地上,朝着黑色的修士帽下面看着,而无名的长老在向他揭示着存在之光明的和可怕的秘密——谁知道呢?雨点落在少年的额头上,仿佛布满画中的天空的云终于挤出了雨的第一个征兆。我弯腰把它从水洼里捞起来,不是很明白自己在做什么,就开始用手帕擦去脏水的棕色水滴。我动作很快,所以画册几乎没有受损——封面的油脂光泽不透水,里面的书页只有几页的边缘浸湿了。

一个我根本没发现的男人帮我把巴沙拖了出来。腿已经没有了,像是在笑,如果我理解得正确的话。我眼睛的余光发现,街对面的一个行人从人行道上捡起了一本画册,把它翻过来调过去看了看就塞进了购物袋里,好像那是一个空酒瓶似的。

"没事儿——没事儿,"要搁在平时巴维尔会念叨自己惯用的绕口令,但这会儿他已经不能了。

当我们把他放到人行道上,我终于注意到那个帮我的人。他原来完全是个老头,还醉醺醺的。他那七十年代样式的短雨衣鼓囊着,什么东西,也许是酒瓶,在碍他的事儿。他动不动就去抓这个地方，雨衣的衣襟分开了，我能看见钉在西服上衣上那脏兮兮的挂勋章用的金属条。这样的雨衣早先在工厂的收发室旁，或者在自助的啤酒馆里经常能遇到，这类啤酒馆里喝的是颜色浅淡的兑水的啤酒，倒在空的牛奶盒里，吃的是硬得像石头一样的咸味小干面包圈。

过路的汽车开始踩刹车，我看见一些纯属好奇的粗俗面孔。有一辆甚至停了下来，从里面出来个司机，把前臂支在打开的车门上，留下来看热闹。

"哪儿有电话？"我问。我的嗓音干巴巴的，很沙哑，而嘴唇起了一层令人讨厌的有点咸味的硬皮儿。

"打了，已经打了。"跑到外面的售货员挥着手，她们的大褂在门边呈现出一片白色。

我无论如何都想不明白，干吗在西服上钉着奖章，这个事不知为何让我感到惊奇。我想起来了，很快就是五月九日了。然后又有什么东西咩咩叫起来，就在身边。

最终，我明白过来，这是手机的声音，就看见掉在车轮下面的一个小小的黑色听筒，在继续尽忠职守地执行自己的使命，好像什么事也没发生一样。真不明白，为什么它在这一切之间能完好无损。我不知道，怎么关掉它，就开始把它往柏油路面上摔，直到它没声了为止。

"完了。"老头突然说。

记得，我想要提问、愤怒、抗议来着，但是话还没说出口呢，我就看他张开长着粗硬指甲的短短的手指，随随便便地，像放百叶窗一样，合上了巴沙的眼帘。

"得盖上。"他不满地朝渐渐围得水泄不通的人群抬起头，暗示道。

"急救车"出现了，并审慎地停在离炸得七零八落的汽车远远的地方。从上面跳下来几个医生，快步走到我跟前。我浑身溅满了血，他们弄错完全可以理解。

司机随后也下来看了看事故，他和一个护士在交谈着什么。司机挥动着双手，把什么东西指给她看。看来，他是在复原车祸，而她，同样的，在给他解释死亡原因，它们用医学术语怎么说。我不经意听到这一被其他喧哗切断的谈话的一些片段。

"疼昏。"至少这个我听得很清楚。

我的手在口袋里摸索着找烟，但不知怎么烟就是找不到，手就一而再，再而三地探入衣兜黑暗的内部，把它们翻得里朝外，就像呕吐时一样，——从里面掉出一些写着字的纸片、烟末儿，这些都落进水洼里，撒落在机油的多彩的混合液里，以及也站在那里、在所有的这一切中间我的皮鞋上。

车子不由自主地烧完了，散发出刺鼻的化学合成物烧焦的味道——这味道像在"展览会"上烧着的那只切实存在的垃圾箱所散发出的那种味道。好像在拍电影一样，只不过哪儿都看不到镜头罢了。我坐在一块路缘的石头上，木呆呆地看着，火焰如何吞噬了我们包罗万象的文选，风景画上的水浇不灭火灾，反而在助长它。我看着，在不洁的火焰里，光裸的树皮和竞技士雕像如何蜷缩了，被烧毁的城市和乡村如何消失了，火焰如何以冷酷无情的面目从圣母身上扯下了织物并撕碎了圣子柔嫩的身体。然后我看见了自己的雨衣，在稍远处以一种古怪的姿势凝结成宽褶，在那边，在卫生员们把它扔下的地方，于是我想，烟可能在雨衣里。

两个半大小伙子停在我旁边，开始看火灾。

"车真酷。"一个说。"就是费油。在城里开这样的车没必要。不过上山的话能一直往上冲，是普罗霍尔对我说的，野兽，特棒。他叔叔有一辆这样的车。他在克雷拉茨科耶把它给弄坏了。硬往上钻啊钻的。"

躺在在车轮下面，凸面朝下，腹部朝上的手机又响起来了，上面考究的按键呈白色。

"你瞧。"另一个说。

然后我就在虚弱无力中放下松动不稳的小桌子，把胳膊放在桌上，而头放在手上，打起盹儿来。外部的印象与梦的幻象纠缠在一起，潮水般涌过来又退下去，一个夺取着另一个的形状和实质，造成一种虚假的荒谬。硬铝的小桌子又沿着过道在椅子中间自行滑动了。这些椅子中有几把被装扮成人形的不明动物占据着。开心果的硬壳在旋转，像盛开的日本樱花的花瓣。飞机在无边无际的空间中开辟着自己的道路，这空间是那种颜色的，人们的想象常常把天使的羽毛和雪的洁净与之相联系。

有一回，我吸饱了亚启坦大麻膏。我的交谈者说着法语，我说着俄语——我们彼此心领神会。然后我很想学狗叫，于是我就叫起来。叫的不是我，因为叫声沿着喉咙升起来，并不受意志和意识的控制地喷射了出去。我叫得很陶醉，而交谈者用呆滞失神的眼神看向一旁，被自身的豁然开朗给惊着了，欢腾的思绪在震颤——终于我做回了自己，"不用割地和赔款"。这一天赋应该珍惜，但是我却不行。

将能觉察到的发动机颤动的声音从外面传到洒满阳光的客舱的寂静中。前面的某个地方一个小孩在抽噎啜泣，然后有一小会儿安静下来，接着悲伤地哭起来，仿佛预感到了某种可怕的、无人有回天之力的事情。可能是谁的不小心的、天马行空的思绪，也许是我的，打断了他安宁的梦，于是在他面前，就像水井辘轳的链子，未来存在的画卷捯开来，桶吊在使人感到苦恼的虚空中。他哭得那叫一个绝望，好像在与什么比他本身重要得多、完全不可同日而语的东西永别似的，穿透一连串的历史时期，而最终看到了某种非俗世的、人类的语言中没有名称的不公正。最后一次这么哭的是克谢妮亚。女孩还是男孩？——我想着并为这个亲近的生命的小萌芽而悲伤。我的小人儿，好人儿，我在半梦半醒间喃喃道，别哭，不要哭，我们都在这架飞机上飞着，于是又飞进了深渊——里面黑，外面白，白得就像白色的裹尸布。

这一天以及随后的一些天都有孩子出生，而那些已经降生的都整整老了一天。孩子们什么都不懂，他们惊恐地看着俯身在他们之上的人们，当绿屎喷射到不透湿的专门的垫片上时，他们的小眼睛瞪得大大的。像大人们一样，太阳也照进他们的眼睛，但他们不习惯太阳，于是他们皱巴巴的眼皮对抗着它的光线。孩子们觉得不舒服，因此他们就睡觉，长时间陷入他们来的地方去。

听说，还有守护神。这是些矮小的、爱劳动的人们。他们住在很深的地方，在地球的最核心处。那里没有白天和黑夜，霞光温柔的爱抚、无限遥远的星球的闪烁光华永远照不进这些空间的深邃的裂缝之中。他们的命运——就是褐色的昏暗。这些守护神在烧得通红的锻造炉旁度过自己的生命，因红色炭火抖动的热浪而眯缝起眼睛。守护神的脸是阴沉的，但不凶恶。他们用尖头的小锤子胡乱修剪着种族，他们淘金。他们想要积攒很多的金子并买下太阳。

我还听到过些什么，但是这已经不是童话了。

而在工厂里，在散发着机油味道的闷热的静寂里，人们在灭鼠。它们吱吱叫着，慌不择路地挤成一团，高高跳起并四下逃散，在厂房的褐色的、覆盖着绒毛的灰尘上留下清晰的小爪印。而后从掩体后面用凶狠、狡猾和聪明的黄色的眼睛向外看着。昏暗的灯光发出一团黄褐色的光芒，照着鼠和人。光射进他们凝胶状的瞳孔里，光落在锈迹斑斑的、被焊接设备那难以忍受的、灼热的吻而彼此焊接在一起的钢筋架的钢筋上。

我那时二十出头。

很多事我已经弄不懂了。

住宅的楼道里整天被民警服的灰色呢料塞得满满的，我那沉着镇静的邻居的眼镜闪烁于其间。在眼镜那从上面截断的镜片上反射着某人的回忆,转变成痴人的叫喊:"别往心里去,老人家,她一定会改变自己的决定……一切都会安排好的……老人家",但我的交谈者一动不动地躺在泳池里的一个粘着些秋叶的气垫上,对我们的呻吟声已经无动于衷了。三天我才回过神来,尽管这一说法说明不了任何问题。我又被检察机关叫去了两次,去见侦查员。幸运,或者相反,不幸的是,除了我在这里写的东西之外,我没能告诉他任何情况。任何人都没对我家进行搜查,因而也就没人找到冲锋枪。它又在我家"中学生"牌自行车的弯成弧形的车架下面的搁板上放了好长时间。

"幸运儿呀。"侦查员对我说。他肩宽敦实,而且像骑兵那样,有些弯钩腿儿,还把"放下"说成"撂下"。

我最后一次从侦查员那儿返回是乘的地铁。最后上来的是个男的,他停在地中间并从肩上把塞满报纸和杂志的书包放了下来。等到大家都坐下了,他大声地开始了自己的工作:

"尊敬的各位,请注意一下,"他大声说道,"《绝密》刊物向您致敬。"

说完这句话,他扬起手,把手里的几本杂志呈扇面状举着。

"尊敬的各位,不拥有这本杂志,"他带着一种装模作样的优越感大声地哒哒哒说个不停,"您就不会知道,科学家们研究出了哪些卓越的发明……"他穿的是一双陈旧的、没有擦过的军官皮鞋,早就随了脚型了,而鞋掌和鞋面分了家,留下一道道黑色的缝隙。

沉默的人们坐成面对面的两排，就像飞机的长椅上等待空投的打盹儿的伞兵。

"……等待着您的是与音乐、电影明星的见面，以及与迈克尔·杰克逊家人的会面。"他有些结巴，吐字并非毫不费力。

"尊敬的人们"团结一致和专心致志地沉默着。有几个人看向封面上灿烂地微笑着的姑娘，她朝所有人一律都像对最熟悉和亲近的人一样笑着。不知为何，看着这个光鲜照人、保养得当的美女，对着这些疲惫的且穿得并不富有的人们，如此灿烂地和许诺地微笑，觉得很别扭。

双脚没有把我带回家，我又坐过了两站地，麻木地观察着，门如何关上以及又进来一些新的乘客。我往上走，缓慢地挪动着脚步，进了一个熟悉的院子。空无人住的那套房子的窗户是黑乎乎的长方形，朝向院子。我四下看了看——院子是空的，只是在有瘪痕的垃圾箱那儿，一个穿得脏兮兮的人在掏垃圾箱，从里面拽出一些电线，把它们缠成团。我又看了看，就又看见了沙箱。在旁边的秋千上，微侧着身，坐着一个老太太。与之并排，在铁架子边上立着她那带棕色塑料手柄的拐棍。秋千像摆锤一样有节奏的地来回摇荡着。这实在太不寻常了，以至于我觉得，她肯定会不安和磨蹭起来。然而什么也没发生。老太太直视着我，而我往前走，走得越近，越清楚地看到她那双深深的皱纹之网里的眼睛——平静的、清澈得像小女孩一样的、满是彩色粉笔颜色、完全不鲜艳、然而却熠熠生辉且灵活生动的眼睛。她的波澜不惊让我松弛下来。她的目光罕见的平静，好像圣象上的那种，带着某种轻微的、不会令人不快的善意嘲弄，因而会令人觉得，她了解我的一切的一切，也知道这个静悄悄的角落之外，按照那些想活在当下的、强势的和活跃的男男女女女的意志而发生着的一切。

秋千在干燥的叉架处发出吱吱嘎嘎的声音，细得像电线一样的金属声在操场上回荡。她的背后，在建筑物和铁皮车库间的空当儿里，西沉的太阳闪闪发光，长长的光线在叶子的新绿上跳跃着，十分耀眼，给她那穿着暖和的外衣的双肩和长圆形的头颅围上一圈金色的马海毛的花边。

我在沙箱旁的长凳上坐下并抽起烟来，尽量不让自己的注意力惊扰了她。秋千依旧那么有节奏地摇摆着，她在享受着运动，不用力也不转头。过了十来分钟她从座位上站起身。她拄着自己的拐棍，一瘸一瘸地穿过院子走到了房子拐角处的最后一个单元那儿。她的右脚不大灵活。秋千还在摇荡着，一次不如一次高了，它们的声音变得越来越短促，后来完全停止了。

太阳已经消失了，房子之间的一小块天空几乎泛着白色，短暂地被单一的红晕点燃，没有发光就熄灭了，而我一直坐着，一边向踩得很硬实的土地儿上弹着烟头，观察着晚霞的粉红色如何慢慢消退。我这么坐着，已经有过一次了——那是很久以前的事了。甚至院子也很像那个——一去不复返的那个。也是有个操场，也是有些老树，也是有架秋千，也是春天的傍晚，在学年最末尾的时候。我那时陷入了爱河，一切都过去了，永远过去了。

也许我是在等待着，就在此时此刻，那个姑娘将从拱门里走出来，她身上会穿一条蓝色的校服裙和一件蓝色的小西服上衣，而上衣里面是一件带镂空领子的白色女式衬衫。她会看到我并且问，我是不是早就坐在这里了。我们会爬上顶楼，走到房顶上，一切都会像印象中的那样。从上面我们能看见另一些屋顶，也能看见城市上空飘动的晚霞，而再远些——是一些红色的塔楼和一座白色的钟楼，拿破仑从它上面偷走了金十字架，还有一些轮廓奇形怪状的剪影，对此谁也不清楚那是什么东西。而且从这个高度上，不仅我们的城市一览无余——我们能看见整个世界——巨大的、美妙的和神秘的，有着蓝色的海洋、远远看去平坦而柔和的山谷和蔚蓝色的山峦，在山峦的褶皱中陌生的人们在数着自己的时间。向我们展现的还有这样的一种生活，充满了各种奇迹的、像环球旅行一样长久的生活。

可能，我们看到的不是全部，但是我们知道，在那里，在想象的局限之外的某处，草原上散布着些和缓的圆丘和一些掩映在花园绿色的底座上的村落，太阳已经在它们的上方熄灭了，小城镇和形状不规则的、被道路的绷带裹着大城市路灯闪烁。而在它们之间弯曲铮亮的轨道熠熠发光，道岔像绷紧的武装带，像机枪的肩带一样勒进未经探索的土地，机车受严厉的臂板信号机的指挥，在会车线上不满地鸣笛，呜呜叫着。在远处的河流上，浮标看管员燃起了灯火，飞机驾驶员中途降落在鲜为人知的机场休息，在高脚圆桌旁小口小口地喝咖啡，透过玻璃窗望着沉睡的机场，看着风如何吹动着灰色的草丛。他们的飞机——那些白色的鸟儿——大张着薄薄的弯成弧形的双翼，在黑暗中休息。而在它们身后，在旷野里，黑色的村庄稍稍从黑色的土地里露出头，驾驶员是看不到这些村庄的。

事情就是这样的——"王的童话"，因为一切都在我们手中。

院子里的槭树叶子在黄昏里聚集在一起、连成一片，一把把大扇子似的挂在沙箱的上方。拱门上面那盏罩在厚厚的、发污的、有网的玻璃罩里的黄色的灯亮了，光沿着坑洼不平的墙壁、顺着裂缝泄到并不平整的柏油路上。住宅的窗户开始点灯了，一会儿是这边，一会儿是那边。昏暗里出现了枝形吊灯和灯伞，地毯和壁画的斑斓的方块，家具的边角以及有的地方还有搁在窗台上的花，像紧贴着冰冷的玻璃窗的囚犯。我在院子里一直坐到最后一辆车开过来。它停了下来并亮起轮廓灯。"前雕塑家"和他的朋友出现在车旁，他们一边争吵着，一边从车里拖出一个大理石的大家伙。他们把它放在两根结实的、有枝杈的棍子上后，抓住两头，微微弯下身子，把它抬进单元门里去了。毛茸茸的萨福卡在他们脚下窜来窜去，兴奋得不时发出尖细的叫声，而雕塑家跺着脚，赶开它，怕踩到它。他的上尉朋友走在后面。他那紧箍在肌肉绷紧的后背上的背心在门洞里白晃晃了几秒钟，然后门洞暗下来，弹簧控制的门慢慢地砰地关上了，仿佛一部有着好的结尾的书合上了封皮。

第二天中午，我的电话响了。我希望这是恰巴，但是这根本不是他。一个不认识的人不带任何感情地提供了葬礼的时间和地点。

"如果您还知道谁，也打个电话吧。"电话里对我说。

"讲话的是哪一位？"我喊道。

"讲话的就是我。"电话那头笑笑就挂了听筒。

我想了，也是需要给某人打个电话，但是总的说来，没谁可打的。然后我想起遗传学教授来，可是他的电话不论是恰巴还是我都不知道。

在约定的时间，在沃斯特里亚科夫墓地的主入口处，我遇到了几辆小轿车和一辆出殡车。离它们不远处，十来个年轻人在抽烟，恰巴也在他们中间，甚至还有那个歪鼻子的卖弹药的人。不久，在把墓地分成两块乡村墓地的那条路上，出现了从公共汽车上下来的季娜。从车里取出骨灰盒后，我们就沉默不语地抬着它，沿着荒凉的、两旁栽种着枝叶披纷的冷杉的小路走。其余的人放慢脚步跟在后面走着，一些人手里拎着盛有玫瑰花的桶和捧着红色石竹花束。

赶上的是一个阳光灿烂的日子——淡淡的云影在高空中渐渐消融，分散成一小片一小片的，好像眼看着老旧下来的一匹匹布。风吹打着欧洲山杨和白桦树的树干，穿过墓地的林荫道，扑打着头发和衣服。两旁，在小树和围栏之间，间或闪过扫墓者颜色各异的弯着腰的背影。从一些翻修一新的栅栏那里飘来一股刺鼻的新鲜油漆的味道，散发着潮气、腐叶和新长出来的针叶气味。郊区有的地方还残留着复活节彩蛋的蛋壳碎片和便宜硬糖的褪了色的、图案已经洇开的糖纸。

墓穴买在一块砂质的空地上,这地方早先是一条挺宽的没铺好的路。在不深也不宽的坑穴边上等着一些工人。在用铁锹铲平的坑壁上,被剖开的黏土闪着亮光。参加仪式的人们走过来并聚拢在墓坑周围,向其半圆的深处投下漠然的目光。他们跟我们连的那些小伙子们似的,全都身材魁梧、结实,剃着平头。于是我的思绪喃喃地低语着我们的语言记录下的最初的那些话,好像一种被遗忘的祷告词一样:

"6472年[1]斯维亚托斯拉夫长大成人就娶了妻就开始征集许多勇敢的战士就奔赴奥卡河和伏尔加河就遇见了维亚迪奇人就对他们说你们向谁进贡他们就说我们向可萨人纳一户一个银币。"[2]

他们中的一个人因略带知识分子气的外表和衣着而显得有点突出。他像个当家人似的跟工人们讲话,而且总体上一直在发号施令。我是第一次见到他。他们的工作进展顺利,转瞬间他们已经把盛着骨灰盒的墓穴给填满了,并且开始用重原木夯实松散的土,原木的切口处钉着粗大的把手。一个年纪较大的掘墓穴的工人,犹犹豫豫地靠近斯坦尼斯拉夫,并小心地咳嗽了一声。

"我说,队长,"他对斯坦尼斯拉夫说,"也许,真的该

---

[1] 此为古代纪年,相当于现代纪年的964年。——译者注
[2] 源自古代俄罗斯文学作品《往年故事》。——译者注

等一些时候，等土往下沉一沉。等个一年半载的。不然弄不好。"

斯坦尼斯拉夫向一旁的什么地方看着，根本没有理会他。掘墓穴的工人耐心地等着，看着他的脸。最终，斯坦尼斯拉夫好像回过神来了，斜眼看了看他。

"弄吧，我说了，见鬼。"他命令说。"一年半载，"他鄙视地挤出一句，并咬牙切齿地吐了口唾沫，"过个一年半载，连建造都得找不着人了。你明白吗？"

工人冲自己的助手们摆了摆手，他们正扎堆儿抽烟，一边小声交谈着。一堆人立马散开了。他们用墓石盖住墓穴并安放好了方尖碑，在墓基处浇注上稀薄的灰浆。墓碑是一块长方形大理石。上面塑造出一个直身站立的巴维尔。在自由地垂于身体侧旁的右手的手指上，挂着汽车钥匙和一个圆形的奔驰车标形状的钥匙坠。巴维尔的脸表现出一种愚蠢的满足感。除了日期，没有题词，但一切不言自明。

为什么他们就没想出把汽车、女人也放进自己的墓里，就像在人类年少而无人做主的时期，草原的首领们做的那样。

看着这极不明智的、毫无意义的富丽堂皇，我忍不住凑到斯坦尼斯拉夫跟前。

"您干吗嘲弄他呀？他是不会喜欢这个的。"我指的是巴维尔。

我们走到一旁的井那里——一个注满水的水泥池子，池子上面一根生锈的管子弯曲得像天鹅的脖子一样，悬在那里。阀门看来没有拧紧，水就像捻绳一样，流到脏乎乎的水泥圆池里，池子沿儿上搭着些湿抹布。旁边从陈年的坟墓上刮过来的一堆腐叶在冒着烟。火烧得懒洋洋的，时不时爬到表面上来，火中一些汽水瓶子和揉瘪的果汁纸盒收缩变形，散发出难闻的气味。

"您大概认为自己比其他人都聪明吧？"斯坦尼斯拉夫带着冷笑问，我听出了这是通知葬礼日期的电话里的嗓音。令人惊奇的是，他对我称了"您"。

"对。"我说，而且直视他的眼睛。

"那怎么，"他又冷笑了一下，并用鄙视的眼神打量了我一番，"是要来一场帕特洛克罗斯①身体争夺战吗？"我发现，他总是冷笑着说话。

"您从哪儿得知的？"

"从您得知的所在。"

因为出乎意外，我愣神了，就一直站在那儿，直到他们所有的人都缓缓走向自己的豪车。季娜走到我跟前，把我从休眠状态中拉了出来。

季娜正相反，很喜欢方尖碑，当大家都向出口走去时，她没有走，绕着纪念碑转了一圈，甚至摸了摸大理石那柔和的表面，好像想从它上面擦去并不存在的灰尘一样。

五月的节日对于我们来说就是这样的。太阳很少见，但是

---

① 《伊利昂记》一书中描写的特洛伊战争的英雄之一。

院子固执地绿了起来，焕发的生命的气味，带着令人头晕目眩的速度，一种比另一种更柔和地切换着。

一天，那个导演斯特列里尼科夫打电话来。他找巴沙，并说他要重拍澡堂那场戏。

"血多得简直就跟海洋一样。"他带着明显的得意保证道。

我听完所有的解释，然后说：

"他遇害了。"

"没听明白，您说什么？"他又问一遍。"走了？"听得的确不是很清楚。

"遇害了。"我重复了一遍。

"怎么会这样呢？"他傻了。"为了什么呀？"

"那现在为了什么会杀人呢？"我说。

有几秒钟的时间他在他想我的话，然后说：

"啊——啊，我明白……可我已经为摄影棚打了预付款了呀。"

"而他呢，"我截住话头，"他之前收到了一批自己的药片，你是知道的，他卖药片，而且他已经拿到了和车里雅宾斯克药店销售网点的合同。想象一下，他得能赚多少？"

尽管线路很嘈杂，我也听不大清他的话，但很难说他猜不到我那带有不满的恶意讽刺。

"对不起，我想要说的不是这个。"他不好意思了。

"我也是没想说这个。"我不快地回答道。

"对不起。"他说。

"一切正常。"我说。

我们又沉默了一会儿就挂了听筒。

还发生了一件事，但这只涉及我一个人。

然后——不知是否值得一提——夏天就来了。莫斯科城处于森林之中，似乎那是公元1813年。从伏尔加河上吹来的风把城市的污浊一扫而空并带来了干燥的、原始的沙尘，用它填满所有的缝隙，就像建筑用的泡沫胶一样。公路上空和街道的走廊里，稀薄的空气颤动着，滚烫的下水道井盖使人感到难受，屋顶疲惫而又懈怠。晒热的柏油变得柔软而随和，就像饥饿的醉酒妓女，于是汽车沉重的轮胎以主人的姿态把它像橡皮泥一样地蹂躏着。商亭旁溅出的啤酒、无耻地流出的尿液，像汗液一样聚集在这不洁的皮肤的毛孔里。姑娘们用细跟儿——自己鞋子的后跟儿啃咬这石质的身体，而老人们则用破旧的硬纸板的鞋底蹭它——地面是对所有人开放的。

夏天我有一次遇到了恰巴。生龙活虎的，很健康，他在商亭买烟。我吹了一声口哨。看到我，恰巴对自己人说了句什么话，拍了下其中一个人的肩膀就走近前来。

"你怎么样？"他问，"还是在念你的书吗？"

"嗯。"我回答道，一边从递过来的烟盒里抽出一根烟。

"噢，明白了。"他说，好像惊异于我的执着，也搞不懂，这种事怎么能糊口。

"你好像是不抽烟的吧？"我问。

他摆了摆手，冲自己脚下吐了几口唾沫。

"抽着玩儿……阿尔卡怎么样？"

"没成。"我咬着牙说。

他同情地摇了摇头。

"我还以为你都在那儿教孩子们……读书了呢，"他为自己的玩笑大笑起来，"不错的妞儿……女人。"他改口说。

"那你呢？"我急于结束这类恭维话。

"就那样吧。"他模棱两可地回答，并回头看了看自己人。

我理解地点点头。小伙子们不大信任地不时朝我们这边看看。看得出来，在同伴眼里，认识我这种类型的人——他们觉得我是的类型——不是他的荣幸。我们又沉默了一阵子，专注地吞云吐雾。

"好吧，我走了。"恰巴决定，然后迈着潇洒自然的步子往汽车那走去。

节日就要结束了。只剩下收拾幸运地打碎的茶盏、洗碗和清扫垃圾了。迎面跑来的是像一群猎狗一样的贫瘠的年景。能模糊地感觉到它们——在没有月亮的夜晚，花园小路的那些小方块。它们能有多少个？

我们的城市里没有布谷鸟。城里没有的东西很多。

恰巴辜负了我的期望，他告诉我的只是我自己也猜到的那些。

碰巧也去了趟食堂。我在高峰时段从地铁里出来，正赶上人们从工厂里涌向地铁的黑洞洞的通道,就像朝漏斗里涌动一样。食堂的楼里如今落户了一个贸易中心。原来是食品店的一层被超市占据了,而在二层挂着男式西服和做工精良的女式内衣。在围栏做得很漂亮的小院子里,在几株从柏油地面钻出来的、修剪得像长卷毛狗似的杨树中间,在遮伞下面,建了一个的夏季的咖啡馆。台阶认不出来了——全是黄铜和大理石。橡木的扶手都不敢去抓——它们的漆涂得是那么慷慨。我——按照老习惯——也没去扶。

我想,就在这里曾有过一个卖匈牙利卷边烤饼的小吃部,而这里曾经是分餐台,塑料托盘沿着弯制的铝制导杆滑向收银台,一路沾染着滑道上的油污。而在收银台后面,那时候坐着的是门牙被敲掉的季娜。精品服饰店的店面被安置上了一些广告立柱。"极简",——这是我在其中的一个上面读到的,在一张身材匀称得让人吃惊、牙齿洁白的男士的照片下面。这两个字大约也当得我朋友的、凶手们给他制作的嘲讽的墓志铭。我尚不及四下看看,有个女售货员离开自己那群同事,已经开始在我旁边忙前忙后的了。

"您需要帮忙吗?"这只小鸟儿用故作亲热的声调问。我想不搭茬来着,但改变了主意。

"是啊,"我说,"我需要帮助。我想吃饭。给我来一份蒸肉饼、土豆泥、焗通心粉。蔬菜汤,或什么的,也倒一些来。黑面包。"

她笑了,并且不明就里地忽闪着涂得很浓重的睫毛,上面黏稠的睫毛膏粘成一小团一小团的。

"还有甜菜沙拉。"

这就是那一刻记起来的全部,当时飞机操纵了副翼并画着倾斜的圆圈开始下行;云变得稀薄了,眼看着已经变成了烟雾。透过它飘荡的云层可以看到地面了——发白的方块和梯形,道路的条带和防雪跑道的深蓝色的线条是它们的边。

我把头转向姑娘们,发现"赞助的基础"像刚起飞时一样,仍旧被一片漆黑笼罩着。"波兰国王卡西米尔大帝"依然没有定义,然而"沙尔木"变成了"魅力"。

按照我们的习惯,我在过道上站了好一会,和其他人一起等着舷梯什么时候能接上。我的包几乎就搁在前排乘客的脑袋上,他正用纸巾擦着肉乎乎的脖梗子。他那只拿着纸巾、戴着硕大的镶宝石带花字的金戒指的胖手探进衣领,并在这过程中毫无顾忌地推开我的不拘礼节的包。最终我们离开了飞机,乱窝窝地一群,奔赴自由,奔赴起伏的嘈杂,奔赴站前广场有条不紊的混乱之中。

我在晃着汽车钥匙串的出租车司机们那名副其实的夹道队列中挤过去。耳边传来他们取悦人的陈词滥调。

"埃涅姆,迈科普,阿尔马维尔。"他们用训练有素的声音,声调不高地吆喝着,好像在按照某些自己的、只有玩家才懂的规则玩"城市"游戏似的。居民点的名称从四面八方,从各个方向纷至沓来。仿佛有什么人撼动了一下苹果树,于是这些词语苹果就倾盆暴雨一般地从树枝上掉落下来。

姑娘们看也不看周围，矜持地从数不清的出租车旁边走过去，穿过广场，直奔那辆一直停在那里而且停了好长时间——我理清感受和下一步计划的时间里一直停在那儿——的深蓝色"奔驰"。

这里还是夏天，自然界就像保养得当的女人一样，老得慢。柏树黑黝黝的绿色，它们密实、粗硬、密不透亮的头发，本身就是始终如一的快乐幻想；悬铃木和栗树伸展开自己又长又宽的枝条：在它们的树荫下，那些街心花园每一个都一下子就放置了好几张长椅，而长椅本身和椅子下面的土地儿都落满了果实，在裂开的外壳里能看到果实棕色的果壳。它们躺在矮草里，把根部是浅颜色、尖头是黑色的细针刺入干燥的土壤。栗树的树枝在低处就跟树干分叉了，几乎贴近地面。它们的叶子像手指一般向下方伸展，却怎么也无法够得到并捡起那从孱弱的、衰老得变丑、变无力的手中掉落的东西。

在汽车站的楼里，我发现还有我们航班的乘客。我的同路人是一个四十五岁左右的男子和他的女儿——处于那种有欺骗性的年龄段的生物，这个年龄你不知道是两个词里的哪一个——女孩还是姑娘——用在这里合适。他的头上扣着一顶可笑的老式鸭舌帽，这种帽子战后二十年全国都戴过，而她则穿得像莫斯科郊外避暑的人——穿着运动鞋和防水布夹克衫，背着一个双肩背包。不知怎么的，对他们我要比对其他人记得更清楚些。

我们坐车到拉宾斯克之前曾偶尔对视一下，但在汽车站上又一前一后站到了售票处的队伍里。很可能，我也自飞机上就让他觉得眼熟了。很明显——他们知道他们在等什么，而那时，我却傻傻地盯着挂在窗口旁一块白纸板上的时刻表。大概我的样子很不知所措，以致那个男人友善的目光几次停留在我身上，而然后下了决心，一边好像敬礼似的用手碰了碰鸭舌帽，礼貌地问：

"请问，您去哪儿啊？"

他的关注对我而言是拯救性的。

"我要去阿德扎普什。"

"去那儿的汽车每周一次，每周四，而今天是周一。"男人告诉说。

"那怎么办呢？"我松了口气地问道，并带着某种居高临下的姿态和轻松看了一眼无须再排的队伍。

"应该去汽运公司，和运木材的车商量商量。从那里往出运木材，山毛榉，"男人解释说，"他们可以捎上咱们。我们也是要去那儿的。"

"这很远吗？"

"要开六个小时左右，"他说，"如果人家拉我们的话。"

我很不想失去上苍这样适时派来的同路者，但是不得不解释说，上路前需要找到公证处。

"这么着，"男人回头看了一眼女儿，"咱们一起走。我们等您一会儿，然后一起上路。"并且马上打消了我还未说出口的疑虑:"没什么可着急的,运木材的车昼夜都有,而您的公证处占不了多少时间——那儿没人,有的只是些个苍蝇。这可不是您的莫斯科。"

再没话说——只剩答应了。我们拿上自己的行李就迈开脚步去找公证处了。它出奇地快就给找到了——就在我们想象中要找的地方和有预见性的过去安置它的地方,——在列宁街上,离原市委的楼不远的地方,入口处前面那有点干枯的、围着刷白的花边的花坛里,立着伊里奇本人,伸着一只手,带着跟近一百四十年前施洗者按照亚历山大·伊万诺夫的意志这么做时同样的那种心情。

事实如此,整个程序也就占了半个小时多一点。公证处完全空无一人,来访者在这里就是珍贵的客人。女公证员坐在一幅著名歌手的招贴画下方的桌子后面,像厅长端坐在巨幅国王肖像画下方一样。歌手冲着来访者咧开嘴大笑着,披散着跟马鬃一样的长发,套着令古代壮士们的坐骑都会嫉妒的一流马具①。肖像发黄的边角确实布满了细小的棕色斑点,暴露出苍蝇的存在。在我和公证员好奇地彼此打量着办手续之时,我的意料之外的同行者在脏兮兮的、细铁腿的造革椅子上耐心地等候着,认真地研究着一本有圣像和覆盖着蓝色釉面的十字形圣体血匣子照片的出版物。小姑娘去外面了,在落满灰尘的金合欢下走来走去,收集着干枯变脆的荚果。

---

① 此处指摇滚歌手身穿带铁钉的服装。——译者注

"那您去过那里吗？"我冲文件点头示意，问公证员。

"那已经是山里了，那里一切都是另一种样子的。"她不置可否地回答。她字母"r"的发音很软，就像一般南方人说话那样，于是这宛如此地的气候一样软糯的，织物一样的话语，像温暖的和无害的春风似的吹拂着。

终于一切都办完了，戴着塑料首饰的女人叹了口气，目送我们很久，在她的目光里能读到要么是对变换地方的向往，要么是腼腆的预警。无论如何这声叹息都让我感受到南方神奇的分寸感。

同行者合上自己的书并从椅子上站起身来。

"我在这儿……"我指着杂志，"眼睛的余光看到。您是搞这个的？"

"啊，是的，"他很随意地一笑，"修复师。卡佳，咱们走了！"他冲女儿喊道。

过了十来分钟，我们已经在平得像带子一样的河流对岸了，在用水泥板块围成的墙边上，这些板块就像巧克力块一样。一辆辆装载着粗得一个人都搂不过来树木原材的汽车，发出低沉的轰鸣，慢慢驶进里面去。

入口处存放着派工单的小屋里，高加索司机们跑进跑出，选择器用女声在叫着什么人到弯臂的起重机下方去卸货，起重机正毫不费力地用两只闪亮的鳌抓取着粗大的原木。和小屋并排接建了一个亭子，司机们在里面吸烟，商议顺便搭乘或捎东西的事情。很快他就带着他们中的一个人出现,那个人朝自己的,这么说吧,正贴着另一个钢铁兄弟的后脑勺的"乌拉尔"方向一摆手,就走向调度室去办行车报单了。

"说好了。"他满意地告诉说。

"那您去那里做什么呀?"我感兴趣道,"如果不是秘密的话。"

他笑了:

"这有什么可保密的呀……牧首管辖的教区正在那里建修道院,而我要给大教堂画装饰。虽然大教堂还没有呢,只有一个钟楼。"

司机出现了。他手上拿着一张白晃晃的报单。

"您坐前面那辆,"修复师建议说,"坐不下所有的人。我们跟在后面走。"

父亲和女儿跟着司机走了。我想起钱的事就追过去,在车跟前追上了他们。

"忘了问,"我说,"该付多少钱?"

"什么都不用付。"他回答。

"怎么会这样呢?"

"就是这样。他们这儿不兴这个。他们呢,反正也要去那里。您最好就给包烟吧。我觉得,您是抽烟的吧?"

"抽。"

"这不就行了。别的什么也不需要。"

男人让小女孩坐好,冲我挥了挥手。我爬到前一辆车上。

运木材汽车的司机跟他的货物一样孔武有力。他一路都默默无语，所以我把注意力集中在有些模糊的车窗外从各个方向飞过的景致上，而当我伸长脖子和扭头时，他只是斜着眼睛看看我，对我的好奇报以勉强能捕捉到的和蔼亲切的微笑。

　　有段时间我们被笼罩在哥萨克村镇的尘土之中，在没有尽头的一行行金字塔形的杨树中间穿行，树叶背面的银色在夕阳的余晖里闪闪发亮。然后柏油路面不见了；山丘时而出现在这里，时而出现在那边，又像抹去了似的消失不见了，一些山丘披着被夏日的灼热烤焦的草的黄褐色毛发，另一些则戴着还是绿色、但已经被这一地区异乎寻常地姗姗来迟的秋天触碰过的树木的帽子。一开始，山丘再现又消失，好像是偶然现象，然后重又延伸起了单调的平坦，然而走得越远，它们彼此间挨得越是密集，往一起爬，所谓的挤作一团，不急不缓地和完全不知不觉地一个挪到另一个之中，形成了那些个在绘制精确的地图上看起来像一绺绺灰色的短发一样的山麓。

　　然后，道路就像慢吞吞的蛇，一边上升，一边爬进了长满茂密树林的高岗，汽车缓缓地，谨慎得像在摸索一样，寻找着被树干挤得弯弯曲曲的路。

　　左下方咆哮着一条河。河里的水秋日般清澈，甚至在河水深处光线可透亮见底。在峡谷中的石头上斜躺着着一辆"马斯"的驾驶室，像个被时间啃光的骷髅头。我见那绿水围绕着它形成沸腾的一圈圈漩涡，而在空洞锈蚀的眼窝里颤动着泡沫。大马力的发动机与河水的低吼较量着高下。道路时常窄到让我觉得——眼看着车轮就掉下去了，滑下悬崖，我想象着，我们如何飞向这湍急的、深沉的河流之中。因为再没谁①在途中护佑我们，因而一切都会自然而然地发生。但是司机并不晓得我的恐惧，镇定自若地用那双裸到肘部的大手打着方向盘，手臂上留着些发黑的斑斑点点，是好汉刺青的残迹。

道路荒无人烟得令人吃惊。已经是黄昏时分了，我们对面过来一群羊和两个骑在马上、戴着毡帽的放羊的卡拉恰耶夫人。过了个把小时，路进入到一个山谷里，靠近了河边，河流在这里宽阔起来，没有了山体的妨碍，在白色的河区宽宽敞敞地缓缓流淌着。在它的两岸出现一些无人问津的小村落，坐落在开始荒芜的小果园子形成的网中，一些低矮的、完全像是赫鲁晓夫五层楼的厨房一样的小房子，从野蒿中探出塌陷的眼睛，而之后，现身于我们面前的是一些绿色的窝棚，一个有岗哨和栏栅的高塔，它的一根立柱是沙袋堆成的，让人想起迈锡尼的狮子门遗址。从射孔中探出一挺机枪。它的脱了色的枪口不知怎么地指向路的上方，像无稽地翘起的鼻子。

"夏令营，"司机解释说，"现在这里住的是边防军。"

一个穿着旅游鞋代替军靴的边防中尉在翻来覆去检查我的证件，把它们放到前车灯下面，瞬间那里就聚集了不停地乱飞的小蚊虫。我下车去伸展一下身体并请他吸烟。他默默地接过烟，好像理所应当的似的，也没看牌子，并依旧默默地把证件

---

① 原文"Никто"为大写的斜体字，通常俄语中在提及"基督""上帝""神"等会用这样的形式。——译者注

还给了我，因而没法弄明白，他的决定是什么，但是，看他显出的那副无所谓的样子，应该一切都顺利结束了。马达重新轰鸣起来，有几秒钟时间盖过了河流的咆哮声，于是路途继续，但再往前就已经是荒僻和黑暗了。天空好像呈弧形，变得凸出了，像圆顶一样，在它上面突然亮起了星星——全部一起亮起，仿佛电灯一样；又开始上坡了，路像一条狭长的走廊一样向上伸展开去。黑暗渐渐消灭了体积，密密地长满植被的山坡变成了黑色的平面，一忽儿在这儿，一忽儿在那儿显现出原始云杉树枝叶茂密的剪影。在拐弯处，后面的车把圆锥形的卤素光线越过头顶打到我们这儿来，它在黑暗中无助地来回搜索着，盲目地刺向山坡的圆形鼓起的地方，就像上个演出季在老马戏院黑暗的舞台上的那盏聚光灯，它用光塑造了"苍白的、病态的、优雅的小丑贝洛①的形象"。

"就是这儿。"我透过抵挡不住的瞌睡听见。

我从踏板上跳下来，蹒跚不稳地向连绵不断的山丘走去。天已经破晓了，出奇明净的天空晴朗无云，变成了青绿色，像近岸的海浪，大地笼罩着雾气，雾气升起有一人高。我朝后望去——汽车差不多整个都沉入了雾气里，只有驾驶室的顶部和防水盖下的管子从这片棉花里杵了出来，而前方，看得见半掩在雾里的黑乎乎的树木。好像有人向它们的脚下铺了一层羊毛似的，于是它们一丛丛像是轻飘飘地浮游在光亮起来的空气中似的。又走了几步，我看见了一座小房子，盖着灰板条，抹着

---

① 法国哑剧中的男丑角。——译者注

刷白了的泥——典型的哥萨克建筑。靠近山的地方还能看见一些已经歪斜了的建筑物。

门前的台阶有三级，中间的一级塌了，由于年久和潮湿从正中间裂成两半。就在那里，在台阶的右侧——这是个迷人的习俗——隆起了四座整齐的小丘，饰有铁十字架，再远些——还有几个低一些的小丘，总之，整个一个墓地。最边上的两座看起来完全是新的——它们保持着更好的形状，还未走样儿，这些易逝的人类记忆的标志还未化为乌有。大个的、紧实的、红红的苹果落在坟墓之间、核桃树下。它们沉甸甸地躺在草里，好像在享受休憩，厌倦了自己在树枝上的多汁的生命和枉然的凋零。

"乌拉尔"们早就开走了，而我完全想不出，我该做什么。黎明降临了。是个阳光灿烂、晴朗的日子。两扇窗户被钉死了，但是还有两扇映照出初升的烟色的太阳。房门没锁，一根插进弯曲了的门鼻儿上的小棍占据了门锁的位置。我往嘴里塞了根烟，怯生生地步入神秘的半明半暗之中。地板起劲儿地嘎吱作响，好像特拉西瓦尼亚传说[①]中的人物一样，尽管，我想，这里也有自己的传说，只不过我还没听过。第一间——也是唯一的一间——房间的陈设由一张桌子和几张刷了漆的凳子组成；角落里挂着圣象，圣象镶有做工精巧的、用包食品的锡箔制成的衣饰。这件法衣的装饰让人想起新生儿的松软的小

---

① 即吸血鬼的传说。——译者注

衣服。不大的发黄的长圆形脸儿埋在花边里，而且靠近之后，我看清了，它根本不是画出来的，而是直接从什么地方剪下来的复制品。里面用隔断分开了，隔断上用钉子钉着一张阿德列尔和阿纳帕飞机场的时刻表。在一面墙的边上摆着张铁的单人床，床的网子上铺着塞满陈旧稻草的床垫子，而在悬挂的架子上我找到了四发如今已经不时髦的7.62规格的子弹、一个扎坎枪弹弹壳和一些完好的拉脱维亚火柴，——在盒盖上不知为什么画着一个跳舞的西班牙女子。

我搅动了一个落后的世界，我直想瑟缩发抖。一些人所不知的小甲虫、小毛虫四散而去，那有光泽的背部不时闪亮着，而且真的感觉到，蝙蝠眼看着就要带着令人极端厌恶的尖叫声扑到脸上来，并用没有修剪过的弯钩的利甲刺穿颧骨。到处都充斥着腐烂和灰尘，那股子不管你的意志如何，都会引起忧伤的——不住人的房子所特有的浸液——气味在这里的每一个角落尾随着你。作为开始，我摘下了相框，相框之间爬动着些迷迷糊糊的苍蝇，我是希望太阳能驱走所有这些小动物，去掉木头里那些它们梦寐以求的潮湿。然后我吃了一个从坟墓旁捡来的苹果做早餐，就在床上躺了下来，把一个瘪瘪的绿皮枕头扔到脑袋下面。枕头底下露出一条被遗忘的、皱巴巴的领带。商标上写着"Arrow"字样。

睡醒后，我煮了茶，就着手认真查看自己的不动产。照片我只扫了一眼就放到桌上了。一些还留有药味的小瓶子、塑料袋、锅和弯成弧形的铝匙、铁皮茶叶盒、一摞熨烫好的家用布品、三公升装的罐子、很多塑料的罐子盖和其他东西——所有这些堆积如山,就像令人感到阴森的考古学家们说的那样。我总是活灵活现地梦见一个极其珍贵的罐子——白铁的八角罐,竖边有一点点锈蚀,面儿上画的是金色的大象,而里面是另一种金子——凹凸不平的钞票的金子。我甚至爬到了阁楼上——在那儿只找到了沉闷的、黑暗的空气,还有炉筒旁边堆放的一件什么铁器,九百年前在这个地方价值连城也说不定。绝佳的是,我一直在不住地回头观望,像个窃贼一样,而且在这样回头看时,必定会碰上穿着锡纸法衣的圣像主人那严厉的、老年人特有的目光,——我仿佛是在害怕被抓个现行,尽管按照手续来说,我完全是此间的主人。这种错乱的结束就像它开始一样——不知怎么地一下子就突然停止了。紧贴着墙壁,我定睛在一块纸板上,两个神情专注的小男孩从那里紧张地看着我。年纪稍大一点的那个脖子上戴着红领巾。两个的头发都让乡下的粗野剪刀剃得很短,只有没剪齐的刘海盖着额头,像乡下人家的"客厅"里电视机屏幕上耷拉下来的罩布的流苏一样。

我真的是注定要被吓到,只是并非由我所害怕的东西吓到罢了。来个一位女邻居,叫去吃午饭。她是从一条草都被割干净的小巷那边过来的。这是位六十岁左右、身材高大的女人,有点像一位著名的、一生都在演不戴头巾的女主角的电影演员。

"巴什卡跟我说过您,"她嗓门很大地说,"说了,您会来的。走吧,我煮了红甜菜汤,把红甜菜汤给您倒上。"

"什么时候说的?"我弱弱地问。

"还能是什么时候?把哥哥运回来安葬的时候。三月份吧,还是什么时候。"

我跟着她走了,循着她的嗓音,就像老鼠跟着尼尔斯的笛音①一样。

"我一早上就听见有汽车开过去了,听见它们停下来,然后我一看——窗户上的板子被谁给拽下来了。我就想,准是有人在,我去一趟吧。"她用深沉但轻柔的库班嗓音讲着,这嗓音同时既声调高,又低沉洪亮。

她的住所与巴沙的区别仅限于保持着整洁。一样的建在河卵石筑就的高地基上的小房子,两个尖顶的干草棚,一个小亭子,果树和一个种着细高茎大波斯菊的矩形花坛。一条不宽的小溪蜿蜒着流经院子,清澈的溪水中时而可见有斑点的鲑鱼猛地一跃。也有坟墓,但在这里它们离房子稍远些,在丛生的灌木中几不可见。

迎面跳出来一条体型硕大的高加索犬,摇晃着蓬乱的脑袋。她抓住它的锈色链子,于是它很快就在阴凉处躺了下来,把脸搁在毛茸茸的爪子上。我跟在她后面穿过小院子,步入不结果实的葡萄树荫下,这树荫在夯实的多石的土地儿上渔网般闪动着光影。在房子的地基底部有一块打磨成圆形的石头突出出来了,状似放大百倍的干酒精片。它的表面遍布像被凿子刃凿出来的凹沟。

---

① 出自《尼尔斯骑鹅旅行记》。

"啊，这是先前住在这里的切尔克斯人留下的，"女人解释说，"磨盘。"她走近前来，也朝磨盘看了看并用手指碰了碰。

石头上，在阴影间隙处，太阳的光斑在游动，仿佛磨盘是躺在透明的浅水里似的。天很晴朗，但是不热。

我们进到既作为卧室同时又是厨房的房间里。阳光把窗户的形状拉得很长，像矩形镂花模板似的，投射在地板的宽板条上。从黑色的开关处拖出来的麻花状电线，沿着墙壁往上，爬到天花板上，在小圆盒和绿色皱纹纸灯罩里的灯泡处打住。

去叫我之前她剥玉米来着。在屋子中央放着一个搪瓷盆，里面装着半盆浅琥珀色的玉米粒。盆上方架着一个方凳，凳子上放着一个带叶子的玉米棒子，那叶子干薄得让人想起包装纸。

"您给我讲讲，他在这里做过什么吧。"我请求道。

"做过什么？"她把玉米棒子扔到盆里并在凳子上坐下来。"把哥哥——沃夫卡——埋了，"她说。"和我爷爷一起挖的坑。"

我想起那两个我觉得比其他的新些的坟包。

"那俩坑？"我问，"为什么是俩坑？"

"一个给沃洛嘉，"她得体地解释说，"另一个给自己。第二个给自己填上了。"

"什么叫给自己填啊？"有一秒钟时间我心慌意乱了。

"自己把自己埋葬了呗，"她笑了笑。

"可是请原谅……"我混乱了，"他是被葬在莫斯科的呀，我亲眼所见。"

她耸了下肩并沉思了一会儿。

"看来，死者已经从这儿走了。"她得出了结论。

她这是想说什么吧？

"他自己，自己。"她惊奇地看了看我，好像只是现在，在她讲完这一切之后，才明白问题的意思。

她根本在一个地方待不住：当她转身或者到门口拿什么东西时，她那低低的嗓音从阳光灿烂的静寂中传到我这里，当她在屋里时，它高压线一样发出嗡嗡的声音。

"和我爷爷一起去过基斯雷打猎。带回来了一头羚羊。那里有泉水，纳尔赞矿泉水在山岩上流淌，因此我们称为基斯雷。牧民们在那里盖了些板棚，板棚现在还在，有地方住……我爷爷到那儿去了。今天早上走的，可能两三天就回来了。"

"可是我怎么看见，那儿立着颗星星呢？"

"那是个纪念碑。一个德国人在那儿经过山口，想要到海边去，而我们的人不放。哎呀，打得可激烈了！那武器呀，之后像山一样，堆成山了。所有的人都招募去了。"她朝村子方向挥了一下手，接着把我叫到了院子里。"我那时还是个小姑娘。记得，一个指挥官打这里经过，和他一起的是个水兵。我们的人。德国人就这么直接射到他嘴里了。直接射到嘴里了。指挥官张开嘴巴，想要对那个水兵说什么，他直接就射到嘴里去了。他就是在这儿倒下去的。"她开始四顾并用胖胖的手劈开空气。"就在这个地方。那边有个小山,您看见了吧?那个德国人就是从那里开的枪。"

"对。"

她指着光秃秃的山顶,沿着山脊通往那里的路被大块的淡粉色岩石堆呈阶地状堵住。

"就这么着,后来他就躺在我们家篱笆后面了,母亲用防雨篷布把他给盖上了。躺了有两个来小时,后来把他从我们家这儿给挪走了……而我们呐,偷偷走近并把篷布掀起来看他,看哪。真是些傻瓜……还是孩子,我们能懂什么呢。左右不过就是害怕。"她坐下了一会儿。"我们这儿啊,怎么叫它来着,格鲁吉亚的主要城市,德国人闯进来过两回,从这个第比利斯运来了些个军校学员,那里他们有个学校,全是些年纪轻轻的小伙子,空着手往山口那儿爬,就这么着他们都被石头砸死了,那些德国人,把石头从上面滚下来,还一边笑呢。不计其数的人后来躺倒了,不计其数……就是这么回事。"

"到底有多少人啊?"

"噫—噫,我亲爱的人儿呀,谁会去数他们呢?"她弯起手指蹭了一下脸颊,然后摇着头,像唱歌似的说了起来:"这里的山全都埋着骨殖。甚至阿布哈兹牧民都说,一到夏天,冰底下就化冻露出来。想想都可怕。我有时候会和我那口子去埋尸。可是怎么葬呢?我们怎么着,懂得他们的事吗?就这样,从路上挪开,这就不错了。早先观光客们来过,安葬了,在那儿放了个星星，带着姑娘们，带着吉他，可现在谁也不来了——害怕……不来也不唱歌了。"她重复说，然后叹了口气，从椅子上站起身。

"是啊，"我说，"现在，大概更吓人。"

"没关系，"她平静地说，"我们有武器，有马匹……"

太阳移动了位置，在树枝间和草棚的缝隙中闪耀。它洒落在叶子上的光斑眼看着渐渐淡去，好像干涸了，蒸发了一样。阴影铺展开来，变得更长了。它们被晃动的叶子锁上了边，在房子的白墙上、在草上以及——勉强能分辨出的——在油黑的、用来蒙住小棚子的墙壁的油毛毡上摇曳。

"那么边防军呢……看见边防军了吧？"

"是啊。"

太阳风吹拂下草和叶子的簌簌声、鸟儿的鸣叫声闯进大敞四开的门，涌向我们，这一切混合在一起，融汇成时断时续的欢腾的喧嚣声。感觉甚至连近处透明的和远处深蓝色的阴影都在沙沙作响，构成模模糊糊的背景，这背景便营造了一种特殊的、浸透了阳光的、有黏性的午后的静寂。一闪即逝的声音出现在这种浓稠的懒洋洋的心平气和中，不合时宜而又孤孤单单，像草原上孤零零的灌木丛一样。

"就是。边防军。"女人说。她从桌子下面拖出一个桶，黏糊糊的，上面的箍亮闪闪的，一些被轰开的苍蝇在桶的上方盘旋着。一只苍蝇落在我的膝盖上，然后沿着鼓肚的茶杯专心地爬起来。

"您是怎么想的，有神吗？"

"我吗？"她有点慌乱起来，并且腼腆地笑了笑，好像说的是初恋一样。"好像是有的，但谁也没有见过。可要是说没有——又不好。"她陷入沉思，手里拿着抹布停下来，把抹布按在围裙上。

狗把链子弄得叮当响，来到太阳地儿上，伸展开了腰身。

"但是信仰是需要的。"她说，一边朝曾经有个德国神枪手待过的山顶扭过脸去，从一只粗糙发硬的手底下看向那里。

我把胳膊肘放在膝盖上，于是那只苍蝇不安地嗡嗡着飞了起来。

"那真没有神的话，"埋头盯着鞋，我笑了笑，"信谁呢？"

她回到桌子旁站住，看着窗外。

窗框里面刷的是蓝色的油漆。透过窗子我们可以看到一部分院落。在被阳光的水滴溅满的菜园里，像一个个小窝棚似的堆着砍倒的玉米。一阵阵轻柔地吹过来的微风，悄悄地把它那干透的长长窄窄的叶子弄出沙沙的声响。

"单纯地信。不要神。"

"他常到您这儿来吗？"

"来，怎么会不来呢。和我的爷爷他们全都……没事也来……"

她走出去，到门口的台阶上把桶里的褐色的水泼到了花上。

"那他说什么了？"

"他说……他什么也没说。一直坐着不吭声。喜欢在窗边坐着。他的纸片在我这放着呢。你看看,也许写了什么重要的东西。"她走到胶合板做的餐柜旁边,开始在架子上翻找,把空咖啡罐、明信片、早就吃完的蒙巴谢水果糖盒子、不知用途的小塑料盒——总之,把农家堆在类似的架子上保存的所有东西都归拢在一块儿了。"往往,他总是在那上面划掉些什么。一些数字。"

终于,纸片找到了。这是一块不规则的纸头,从格子练习册上撕下来的。它确实写满了一些数字,我甚至认出了一个电话号码,根据号码看,是莫斯科的,但这组数字我不熟悉。我翻过来调过去地看,如果不是在背面注意到一幅画风幼稚、但画得一丝不苟的画,我都想要把它搁下了。画描绘的是一架秋千,在它的横木上坐着一个像会飞的蚂蚁一样的长着翅膀的小人儿,带卷发的头向后仰去。这一情节中有什么东西让我觉得熟悉,但是我很久都想不起来是什么。

"我听说,你们这儿见过地下财宝守护神,"我说。"好像是守护神——哦,就是那样的一些侏儒——他们在这里有某种出口。"

她微笑着看着我,带着一种高兴的惊奇。她的下巴吃惊地靠紧脖子,于是在它和脖子之间就形成了一道月牙状的褶皱。

"哎—呦—喂,"她拉长声说。跟在辅音后面的声音在屋子的余晖中抻得很长,就像彗星那又细又薄的尾巴一样。

她开始在房间里来回动起来,以自己不慌不忙的动作把它填满。地板在她沉重的脚步下发出闷响，用低沉的叹息声回应每一个步伐。我听见她担忧地低声地重复着，已然不去管她所说的话的意思了：

"什么样的呢，这些个守护神……什么样的呢，这些个守护神。"

爷爷预计得等到第二天能回来，或者更晚一些；我喝完因有黑刺李而发蓝的糖煮水果羹，就出门去周围转转。从枝条编成的篱笆旁边往下，延伸着一条通往村里的、几乎没有车马走的路。过了约一百五十米，它把我引到了一处完全被高大的蕨类覆盖的林间空地上。四周隆起一样高低的矮小山脊——仿佛小茶碗的碗壁，而在那——和这一形象相应地——隐约可见缺口的地方，耸立着远处的山顶——光秃的，整个平面被水冲刷得高低不平，因为它是像一块云母一样扁平的；白日里是驼色的，而夜晚则是银色的。这种相似在日落时特别会被想起，当晚霞闪耀着并缓缓扩散，由下而上慢慢地沿着山顶往上爬，然后以指挥棒的几不可见的动作从峰顶滑落下来，还以之惯常的色调。

在这一片林间空地上，立着一个修道院的架构，确切地说，还不是修道院的，而暂时只是一个置于石头地基上的钟楼的轮廓。这一切像是被烧毁并抛到岸上的征服者的快帆船，尽管这里说的是"重建"的事情。稍微往旁边一点，在一个高棚下面，安着一个锯木机，而再远一点，是一座首都神甫的新建白茬木头房子。

回来之后，我又一次仔细查看了私人墓地，并确实找到了女邻居所暗示的东西，这让我觉得很恐怖。离台阶近的那个小丘上，一块陷入土里和代替牌子的光滑的石头正看着我。石头上工整地用油漆写着："拉祖瓦耶夫·巴维尔·尼古拉耶维奇"，而稍低一些有日期：1966—199×。一切就像平常那样，只是缺最后一个数字。为什么我之前没有好好看看这块石头呢？我已经明白了，他是在回来安葬哥哥时写的遗嘱，但是我直到今日也无法解释这一切。在白俄罗斯的乡村，我有机会见过"寿衣"——一套节日服装、鞋子和罩单，这些东西是老年人按习俗为最后的装束准备、并且像圣物一样珍藏的。

但这是另一回事。

夜里想象仍在勾引我：月亮引诱地眨着眼，当云彩像涂了睫毛膏的眼睑一样，不急不慌地爬上它冷冷地发着光的黄色的眼珠的时候。

一整天，我都无所事事，一会儿干这个，一会搞那个，因为时间不够什么都没有干成，但是宝已经不寻了。

接近傍晚时，修复师和女儿来给我展示未来的修道院。

"怎么样？您这儿情况如何？一切都顺利吗？"他问。
"我们住在神甫那里了。他自己也是从莫斯科来的，来自牧首管辖的教区。"他突然笑了："他们，您知道吗，就像在军队里一样——在这样的偏僻之地一年当作两年过。如果您不方便，请来我们这儿。"

"您那儿有油漆吗？"我问他。"您那应该有。"

"是的，当然有，"他回答，"您需要什么色的？"

"白色的。"

"这东西多得是，"他说，"有二十来管铅白呢。"

我们下去，到神甫家拿油漆。卫星天线的圆盘从房顶上望着天空。原木剖成的新鲜木材散发着浓烈馥郁的麻刀和树脂的气味。在地基石头下的地上散落着厚厚的一层刨花，脚踩在上面很有弹性。一分钟后，修复师走出来，沿着台阶上还发黄的阶梯跑下来。

"莫斯科下雪了，"他有点高兴地说，"广播里报了。"

"有点早呢，"我说。

修复师耸了耸肩。他步子迈得很大，而且迈这么大的步子也没有任何明显用力的迹象，我勉强跟得上他，他不得不时常向我扭过头来。他的女儿走得和他一样快，尽管个子根本不高。我记得，我怎么也想不明白，她是怎么做到这一点的。

"这已经是我第四次来这了，"修复师数道。"早在苏联政权时就想要开始建了。"

我再次看了看建筑工地，然后转向他：

"请问，总的来说，为什么要在这里建这个修道院呢？"

他笑了，带着一种像是正等着某个相像的、某个类似的问题似的表情。

"说老实话，连我自己也不知道为什么。他们那里有自己的用意。"他并没有解释"他们"是谁，而且又一次笑了笑。"只不过，这么说吧，这块地方是神圣的。在这里，"他转了个圈,"所有的山上都有修士的隐修居所。新阿丰的僧人们基本都跑了。在岩崖上给自己凿洞穴。从海岸边跑到这里。也有从俄罗斯跑来的。"

"他们跑是要避开谁?"

"有的是逃避土耳其人,有的是逃避自己人。"修复师摘下帽子,捋了捋头发,拿帽子的手又画了个半圆。

我沿着他手的线路看了看,但只看见了荒无人烟的群山,山上覆盖着掉光了叶子的山毛榉和深蓝色的针叶林。

"这些人是可以逃避的,"他不知为什么补充说,"自己是逃避不了的。"

我们顺着树林爬到上面的平台,于是看到了从下面被大树挡住的景物。

"我呀,您知道吧,大多是在北方干活。卡斯特罗马、乌格利奇,还有其他的——全都是被破坏的,立在那儿……"他瞟了小姑娘一眼。"女儿有一回问我,我惭愧得无言以对。"

群山状似一条条时粗时细、时断时续的链子。近处的阴沉黑色令人感到压抑,在它们身后露出灰蓝色的锯齿状山峰,峰顶上被雪的粉扑轻轻沾了沾,而再远些,则是柔和的灰烬色的轻描淡写的条带。

"你看那边有个村子,"修复师指着说,"而在那里,从这里看不到,是土耳其人的城堡。哦,当然了,一片废墟——全都坍塌了。去年我在那里,在废墟堆里,找到了一个箭头。"

"要是在诺夫哥罗德就完全不同了。"他说,而且一抹梦幻般的微笑浮现在他的唇畔。"你在尤里耶夫从钟楼上往下看——那儿的一切都是平平展展的，像是铺开了画布，看得很远……而这里像是在茶杯里。对吧，卡佳？"

小姑娘同意地点点头。她眼睛下方看得见一些小雀斑的斑点，于是眼睛的蓝色因此而显得更加清澈和深邃了。

"奇怪……"我说。"为什么这里有一座教堂呢？如此美景。"

修复师眯起眼睛，欣赏着西沉的太阳。

"您说什么？"他又问一遍。

"我说，周围这么壮丽时，就不需要教堂了。"

小女孩在我说话时转过头来，专注地看向我。不得不说，我没想到在孩子的眼神中能看到这么懂事的一本正经。

"不，您对事情的理解是不对的。"她的父亲温和地说。

晚霞的最后一缕浓艳的和黏稠的光变苍白了，在银山上移动着，一个接一个仔细地舔净褶皱和沟壑，就好像主妇清扫雕花画框的所有凹陷处的灰尘那样。

"怎么样，卡佳，学上得怎么样啊？"我问小姑娘。

"三分之二要在这里上，"父亲微笑了一下，"留在莫斯科没人照顾。"他不情愿地补充说，并且微微皱起了眉头。

我们的时代需要意义，因为美在任何时代都足够多，阿拉说的。这是在远离这里，在繁衍继承者们的城市里的事。我想象得出，此刻莫斯科的样子：在低矮的、被塞得满满当当的天空下脏兮兮的黄昏，夜晚的兴奋，在电灯的昏暗里，在潮湿的空气深处，哈气和混乱的蒸汽的混杂在一起，路灯四周毛茸茸的光晕，沉默不语的人群，用成百上千只脚专心致志或者漫不经心地说着一样的话，在台阶上和地铁的通道里融化的雪，在这变成褐色的泥泞中的鞋印；水汽由石板和台阶上升起，清洁工拿着长拖把，拖把上代替刷子的是胶皮条，顺着湿乎乎的月台赶着这褐色的水，使小小的一方方黄色瓷砖出现在视线里，人们在褐色的软座上坐下来，胖女人把购物袋放在自己的膝盖上，男人们在拥挤中很不方便地折着报纸，而热得脸发烧的人们不断地跑进蓝色的车厢里，四下打量着，冲所有人幸福地和有点歉意地微笑着。车厢摇晃着，就像船在岸边一样，制服下面穿着针织背心的司机从驾驶室的踏板处顺着车列向后看着并疲惫地说着："请放开车门"。

　　暮色降临了，于是我点着了蜡头，过了两分钟烛泪流到了罐头瓶子里。东西都收拾好了，在包里等待着路途的颠簸。那张带图画的纸片我是最后放进去的，把它放进了护照封皮的内袋里。末了，我把它凑近不时爆出火花的烛火。现在我发现，小人儿在几不可见的微笑着，因为在这个地方要么是笔，要么是手顿住了。嘴的线条把它的角儿弄弯了，于是就像数学符号无穷大一样，而画本身——像动画片的人物，那种给成人看的、并不快乐的动画片。

　　夜晚仿佛是一只蝴蝶，借蠢笨的螟蛾的翅膀轻轻地飞来飞去。我走到外面，在被放倒的山毛榉的粗干上坐下来。我面前卧着一排大小不一的坟丘，排得很密集，仿佛瘦削的手上弯曲的关节，这块土地的粗硬的瘤子。我的目光锁定了最边上的那个——没有死者的坟墓，坟墓不是被盗墓者玷辱过的，而是本就空无一物，是虚空的一个松散易碎的套子，我们时代可怕的象征。在我们之上，在凉爽的高空中，群星在脉动，眨着眼睛，像一道看不见的彩虹，在寒秋的气流抖动中轻颤着，仿佛世界上最大的轮子，不知是从松软的土里鼓出来的，还是顺着轮毂陷进土里的。

但是看不到在宇宙的马戏场圆顶下一边转动着脚蹬、用手抓着空气保持着平衡，一边操纵着这个轮子的那个人。月亮出来并照亮了树木和物体。它那蓝色的清辉触及我坐着的倒木。木头的表皮是灰色的，很厚，很硬，带有稀疏的褶皱和裂纹，像大象的皮肤一样。

夜明亮起来。我端出自己的烛台，用鞋跟把不平整的土踩了踩并用手掌把已经变潮湿的草茎抚平，将烛台安置在坟墓上。然后在外套衣兜里摸索到油漆管，用一根劈开的秸秆代替小刷子，把缺的那个数字写到了石头上。

在这一刻，我相信，这些下部已经腐烂的苹果，这座像坏牙里的镶补物一样在春天将会下沉新坟，掉落下来的门窗框贴脸，核桃树皱巴巴的木质，一摞摞发黑了的灰板条，还有用圆珠笔在簿记本上撕下来的纸片上画的小像，——这就是我的遗产，尽管有一个念头怎么都挥之不去，那就是，在这儿的某个地方，一笔钱在等着我，很大的一笔，非同儿戏的钱——一沓沓整整齐齐的灰绿色的，使人着魔地一模一样的，像造币厂的金条一样。

　　已经是后半夜了，修复师到我这来了——告诉说，早晨8点钟会有一辆运汽油换土豆的"嘎斯-66"进站，如果我到岔路口去，它将把我和土豆一起带走。

　　"冬天这里雪很大，"他说着，和我并排坐到原木上，"四米深，还有十一米的时候呢。早先有直升机从古达乌塔飞过来，但是战争开始之后，就停飞了……就在这里聚集了民兵，帮助阿布哈兹人的。顺便说一句，这民兵啊，后来把加格拉给占领了。就这样，格鲁吉亚人来了，抓住了那个飞行员，让他驾直升机飞到这里来。轰炸。全队就剩他一个人了，其他人在战争一开始时就立即离开了。任何天气下，他闭着眼睛也能飞到，——在此地的山间飞行了二十年了。把他带到了跑道上，而那里立着一个装沥青的桶，铁的。他们在那里浇接缝，还是干啥来着……他就这么把双手插进沥青里了，为了不飞。挣脱出来就把手往沥青里插进去了。烫伤了——还往哪儿飞呀？人家是这么给我讲的。"

　　修复师从山毛榉的树枝上掰下一个小干枝儿，用它在草上来回拨拉着。月亮从山后升起得更高了，照着我们的后背。我们的影子不自然地拉长了，像四壁都是哈哈镜的房间里的映像，一动不动地就躺在我们面前，在清凉的、微微发蓝的黎明的空间里。动的只有那个在影子里长成了一整根儿车辙的小树枝儿。

　　"把他打死了？"我问。

"那倒没有。这里所有人都很尊敬他——无论是那边的，还是这边的。就是狠揍了一顿……但后来放了。"

掉下来一个苹果，闷声砸在地上。

"如今他到矿水城去了，那儿住着他一个妹妹……他不能待在这里。"

我把开了封的油漆管还给他，又过了一会儿我们就告别了。他高抬着腿走到了路上。他的鞋底在干枯的草上发出凄凉的窸窣声。

一整夜我几乎都没睡，每隔十分钟就把表盘放在月光下看一次表，月光像罐里倒出的牛奶一样，一大股细流从邻近的天上泄进不大的窗户里。天刚亮，我就已经起床了，比需要的时间提前很久就出门来到了岔路口。

凉意钻进衣服里，尽管远处还是粉红色的太阳已经愉快地在树枝上和潮湿的、长了青苔的树根处闪耀了。霜融化了，并沿着发黄的草那易折断的草茎流到冰冷的土里。当时针离开八点的刻度爬行到半路时，从下面挺远的地方传来了发动机的声音。又过了几分钟，一辆汽车出现了。这正是修复师说的那台"嘎斯"，——车厢里堆满了麻袋。看到我，司机停下来，并亲自从里面打开了车门，这一来我就无须任何解释和任何商议了——一切都清楚明了。好像他吝于白费口舌。

最后一排建筑物顺着山势拉得很长，我的小房子则留在了山后。一个小男孩从这排建筑物那儿走到了路上。他身穿膝盖处支出包儿的运动裤，瘦骨嶙峋的肩上逛荡着一件毛衫。他的脚上穿着用割掉了靴筒的胶皮靴做的套鞋。"去叫你母亲。"司机吩咐他。很快她也出现了，穿着一模一样的套鞋和蓝色的运动裤，只是她的腿要胖一些，裤子紧绷绷的。女人拽着一麻袋土豆。男孩托起它，但没托住，我和司机下车把麻袋扔到了车厢里。

"就是您买了拉祖瓦耶夫的房子吧？"女人擦着汗问道，汗水从裹在凸出的晒黑的额头上的白头巾下滚落。她的嗓音出乎意料地很细，几乎是刺耳的尖细。

"正是。"我没想细说。

男孩站得稍远，看着听着。

"在报社工作？"她的两颗门牙是镶的，闪着金属的光泽。

"在杂志社。"

"噢。"她审视地看着我，然后突然开玩笑地请求说："也许，您写一写我们？"

"可是我写什么呢？"我不知所措地说。

"就随便地写，这里住着这样一些人。在一千，怎么说来着，九百九十几年。"她难为情地笑了。"我们怎么在这儿用土豆换汽油，写写这个事儿。"

在我和巴沙的院子附近，司机再次刹车，下去采集我的苹果，他没处存放的苹果。他把它们塞进帆布短上衣的口袋里，后来我给了他一个购物袋，他动手把它也塞满了，但是苹果对于一个袋子而言太多了，怎么也装不下，上面的动辄又掉回地上去了。在我们捡苹果的时候,男孩不知道去哪儿了,但之后又出现了,并且站在路上。我爬上车厢。"嘎斯"开动了,像鸭子似的左右摇晃着,在长满杂草的车辙里慢慢开起来。男孩像是着了魔似的没有变换姿势也没动窝,一直看着拉土豆的车开走。我们的目光形成一条直线。我知道,男孩将像少年瓦尔福洛梅①一样,会长久记住这一画面,也许,终生难忘:鹅耳枥和山毛榉,草上歪斜的光斑,挡板号码的椭圆形数字以及在麻袋上——那个从另一个世界来的人。到阿德列尔之前我就吃这些苹果,把这白绿色的丰盛食物变成糊。

莫斯科在零零星星落雨,街上漆黑一片——广播报过的初雪,下了半天。天空在房屋上空垂下了伪装网,残破断裂的剧院布景,这布景用破布打着补丁,残存着假造的星星的碎片,而街上的空气是浓稠的、发酸的,因汽车尾气而有一股哈喇味。城市藏在巨大的伪装网下面,城市可靠地把自己盖严并将自己的居民隐藏起来。我们在我们的城市里很开心,而且我们什么也不想知道——让我们安静会儿吧,在最高的楼房上写着呢,用半圆体,而且直截了当,用广告语的亮闪闪的字母写着呢。

第一次我遇见克谢妮娅是在列宁大街上。我朝公共汽车的车窗里看,于是我的目光就闯入了她的大眼睛中。

克谢妮娅的形象出现在那些广告牌上是一夜之间的事。一夜之间,穿着蓝色奥地利连衣裤的工人们四处滚动着巨大的相

---

① 基督的十二个门徒之一。——译者注

纸卷，把那张微笑的脸到处张贴，然后带着可伸缩的梯子，乘车离开了。脸印在上面，没有任何题字——白色的背景上就只是一张女人的脸。那道可爱的伤疤也没有了——广告公司的设计师们知道他们靠什么拿钱。头发梳成了小辫儿——阿列克斯就是这么梳的。大概，这一切很令人疑惑。我看到，几个行人惊诧地彼此对视来着。这是什么意思？——也许，他们想问。但没人可问。全莫斯科只有一个人能把这件事说清楚。克谢妮娅的眼睛放射出忧伤的幸福光芒。"我一切都好，"这双眼睛说。"你们怎么样？……没关系，再忍耐一时。"怜悯，像极盛中的腐败，像生命里的死亡，化为明显的、游移在凝滞的眼底的两个点，蕴藏在一动不动的眼睛深处。这是她的日子——许多年以前，就在这一天她出生了。究竟是多少年？对于这个问题她是永远不会回答我的。

也没有什么，这是一个迟到的礼物。可是为什么是迟到的呢？它送出得恰逢其时，只是送礼的和受礼的人都已经不在人世了而已。

不知怎么地，这个凄凉的故事无论如何都不想结束，它的主人公不知为什么，错以为他能够指望某种比父亲的房屋那破洞的屋顶更多的东西。但是更多的东西是不存在的。感觉是——只需伸出手，摊开手掌，把生命线和命运线对着天上的光线，就会有人把幸福注入其中，像生命自身一样长久的幸福，而且它真的会延续，且什么都不会改变。

尽管已经快下班了，但编辑部里依然很吵：快活的嗓音不断传到外面,广播在叽叽呱呱说着,某个办公室敞开的门里打印机在尖厉地发出嘈杂的声音,电话以不可救药的执拗在铃铃作响,电脑在嗡嗡叫着,只有带点绿色的地毯掩盖着急匆匆的脚步声和偶然掉落的物品发出的声音。我径直去找自己的主编,就沿着走廊走去,一路朝着那些透明的门洞里抛出致意的手势。

主编坐在桌子上,正用一个小电视看足球比赛。"迪纳摩"在自己的场上萎靡不振地压制着"阿兰国"。他转过身,瞥了我一眼,然后看也不看地伸出手。

"已经回来了?咱们这就谈谈。你往哪儿打呢,走运的傻瓜!"他喊起来,随后从桌子上跳了下来。

"踢球的人啊。"我说。

"你等三分钟,很快就中场休息了。"主编请求道,说着又费劲儿坐到桌子上去了。

不同颜色的身形在变得泥泞的场内,在水洼中间奔跑着,泡胀的足球鞋把草皮都踢坏了。浸湿了的足球飞得又沉又低,像喂得过饱的天鹅。

终于,那些身形停止跑动了,并且没精打采地垂下头,慢吞吞地走下像耕过一样坑洼不平的场地。主编沉重地叹了口气,按了一下遥控器,于是屏幕温顺地发出一声轻响,熄灭了。主编看了看我,拍了一下自己的膝盖。

"哎,有什么新鲜事?"他问,同时把我又引回了走廊里。"你听说萨姆索诺夫在杜马说的话了吗?极度疲劳。柳达，柳达！"他向身后敞开的门里喊着。"把'动物园'扔给我。说说吧。怎么样啊那儿，在克里木？你是去克里木了吧，我觉得？"

"去的图阿普谢，"我纠正说。我不大想说实话。

"这是在哪儿啊，我们的图阿普谢，就是在克里木吧？或者这已经不是我们的了？不是，不在克里木？"主编喋喋不休地说，像说不走脑子的绕口令一样。

"在高加索。"

"在高加索，在克里木。"他摆了摆手。

他的脑袋总是同时塞满各种杂事，因此他一切都来得及做。

小吃部人很多，我们不得不站了一会儿队。在我们前面站着一个绿头发的姑娘。她是什么人，我不认识。主编朝她的头发吹了吹气，满足地笑了起来。在气流的作用下，头发飞扬起来，分开来，露出了深色的发根，过了一秒钟后又回到原位。姑娘买了一罐"怡泉"就走开了，一直也没发现主编的玩笑。

我们开始喝咖啡，于是我简要地给他讲了讲整件事情。我讲了直升机飞行员以及怎么往搪瓷盆里剥玉米，——一切都讲了。也许，有什么东西我给忘掉了，但是事情的根本讲得很确切。主编把头埋在桌子上听着，并不打断我——这在他可是罕见的。

"难道在我们这年月还能遇到这样的人吗？"他微微一笑。

"这样的人在任何年月都能遇到。"我冷冷地回答道,然后我们长时间陷入了沉默。

"可惜,"最终,主编用手掌摸了一把脸,说道,并且看了看空杯,仿佛准备用赫赫有名的渣滓占卜似的,"这个不适合我们。"

"为什么?"我问。

我们的小吃部服务员走到我们桌前,用湿海绵拂拭了一下桌子并换了一个烟缸。

"死人有什么好写的?"他不情愿地说出口。

我们又沉默起来。

"那儿的山里住着守护神,"我不知为什么说道,"在地底下。他们不浪费时间。"

"嗯——嗯,"他点了点头,把茶匙在手指间翻了个个儿。"有意思。"

天黑时我走到街上。我又碰上了一些带有克谢妮娅照片的广告牌——现在我从旁边绕过它们。

"没关系——没关系,"我反复说着这作为遗产留给我的咒语。

我想起小男孩。他站在路上,望着渐行渐远的汽车。可能,他在想,它将我载向另一种生活——光明的、快乐的、喜悦的——在那种生活里没有烦闷的位置,去往由享乐编织而成的生活,由被严肃的工作占满和被特殊的意义变得崇高的白天以及充满安逸的夜晚严丝合缝组成的生活,去往像童话一样的城市，奥秘城市，住着上帝的城市。在那里，音乐彻夜不停，在那里，路灯在夜晚睁着善意的眼睛，孤独的智者的灯光直到黎明也不熄灭，真理降临到他们的小屋并爱抚他们直至最后的星星消失，在远离喧嚣的公路的舒适的小街巷里一片光明，而在掩盖着允诺的染色的门里，站着些海妖一样的女人——一个赛一个美好，她们的眼睛里写着应允，而手里是鳄鱼皮制成的精致的手袋，而在这些手袋里装的是一经喜欢便成永远的心上人的照片。

也可能，他没有想任何这样的事，而只不过是站着和看着，——要知道我们相遇的地方适合于静观。

我还想起了主编的话："死人有什么好写的？"城市在我的周围沉睡，在睡梦里随便地摊开郊区–手臂，蜷曲起长着啃坏的指甲和扯断的电线–倒刺的手指。在教堂彻夜不息的隐约钟声、希望的尖声叫嚣以及恐惧不安的静寂的幔帐里沉睡。又是呼哧，又是打鼾，它的烟囱也在冒烟，放出一团团黑烟，仿佛人工火山一样。它疲倦了，我们的城市。

我在深秋的泥泞中走着，贪婪地深吸着夜晚雾气弥漫的空气，磕磕绊绊，不时掉进看不见的、陷入地球灼热的深处的柏油路的坑洼里，想起他的话："有什么好写的……关于他们……关于死人？……关于死人。"

译 后 记

  《自学成才的人们》是"中俄文学互译出版项目·俄罗斯文库"框架下，由北京大学出版社组织翻译的几部小说之一。因此，首先要感谢北京大学出版社的邀请，使我有幸参与到这个很有意义的项目当中，从而进入了安东·乌特金的文学世界。这部小说是我读的第一本乌特金的书，因要翻译，所以读得很细致，印象深刻。

  乌特金是70后作家，虽然出生于莫斯科，但是就像作家自己说的："我是在白俄罗斯的土壤上成长起来的，还有顿河和库班河岸边，童年时常常去那里。我对世界最初的记忆和印象是与这些很不一样的地方的自然和人有关。我用眼睛、耳朵和肺腑爱这一切。"①这种对世界的最初体验和记忆后来在他的作品中也留下了印记。毕业于莫斯科大学历史系的乌特金20世纪90年代开始发表文学作品，著有长篇小说《环舞》（Хоровод，1991—1995）、《自学成才的人们》（Самоучки，1997—1998）、《怀疑的力量》（Крепостью сомнения，2000—2006）、《通往下雪的路》（Дорога в снегопад，2008—2010），以及中短篇小说集《南

---

① Беседа с Захаром Прилепиным. http://zaharprilepin.ru/ru/litprocess/intervju-o-literature/anton-utkin.html

方日历》(Южный Календарь, 2005)、《靠近坚德拉》(Приближение к Тендре, 2010)等, 1996年和2003年度获《新世界》杂志奖, 1997年入围布克奖, 2004年获"雅斯纳亚·波良纳"文学奖。同时他还学过编剧, 对纪录片情有独钟, 2005年拍摄了自己的纪录片处女作《草原》(Степь), 2007—2008年《明王》(Царь-Свет), 2009年《周围的世界》(Окружающий мир), 2012年《谷物》(Жито), 2013年《留鸟》(Неперелетные птицы)。

　　文学创作和纪录片拍摄的双轨并行,给乌特金的小说增添了很强烈的画面感和镜头感,而历史专业的出身也赋予了他的创作以取材上的独到眼光,再加上获得评论界一致好评的文笔,使得他拥有了较高的文学声誉,其作品被翻译成法语、德语、捷克语、波兰语、西班牙语、意大利语等语言。在被问及西方读者对他作品的反应时,乌特金认为西方读者并不接受他的大部头作品,他说:"坦白地讲,我不知道他们为什么翻译我的东西。看来是出于学术兴趣。"这话听起来颇有种"知音少,弦断有谁听"的意味,但是当真翻译起来的时候,不得不承认作家的话不无道理,因为读他的作品确实需要有点闻弦音知雅意的心领神会才行,不是在俄罗斯文化的池水里浸润过的读者的确难得其妙。

　　《自学成才的人们》被认为是作家描绘当代俄罗斯社会生活的三部曲的开篇之作(其他两部分别是《怀疑之堡》和《通往下雪的路》)。这部小说反映的是20世纪90年代的俄罗斯,是很贴近生活的那种写法,很传统,能明确地感觉到它与19

世纪文学是一脉相承的：写实、人文关怀、对美和艺术的崇尚、对人生意义的探求……小说描写了两个昔日的战友——今日的大学生和药品商人——在莫斯科意外重逢后交往的故事，主要是大学生带着他的文学艺术内存和旁观者的眼光，走进了药品商人的世界。普希金、果戈理、托尔斯泰、陀思妥耶夫斯基、格林等作家笔下的人物和故事渐次渗透进商人贫瘠的精神世界，搅动得他春心荡漾。这种精神重塑的主题让我们不由自主就联想到19世纪的经典之作。而商人并不是单向度的被拯救者，小说中有一个情景——商人巴维尔在一个菜市场上对一个穷苦的老太太动了恻隐之心，想偷偷塞钱给她，被老太太拒绝了，这之后巴维尔无措地杵在那里，莫名就令人想起《白痴》里的梅什金。这种种似曾相识之感在阅读和翻译的过程中屡屡出现，可见其与文学传统的密切联系。

但同时这部小说与经典文学又很不一样。小说中随处埋藏着"暗桩"，而这些暗桩看起来又是作者漫不经心、信马由缰地随意安插的，它们并不像经典文学中挂在墙上的猎枪那样，在结尾的某处会一鸣惊人，而是常常消失得跟出现时一样地任性和毫无来由，我认为，这正是这部小说尽管在叙事和细节描写上非常真实、传统，但总给人一种似是而非之感的一个原因。而从翻译的角度而言，这些暗桩恰恰是"老鼠拖木锨——大头儿在后面"的"大头儿"和难点。但是，当它们在文本中都被呈现出来之后，小说也便神奇地拥有了厚重感。这些暗桩既包括主人公们在飞驰的汽车里谈到的俄罗斯文学画廊里那一帧帧不朽的图画，也包罗了世界文化花园中的各种奇花异草，这也是我在译文中不得不做很多注释的原因。这份上天入地、天马行空的潇洒随意，即便是被编织进传统的肌质里，也依然有着很强的存在感。再就是小说在总体叙述上属于插叙形式，间或又有点意识流，或者说是有意支离情节的意味，感觉上是现实主义和现代、后现代主义的综合，玩的就是含混。当然，在这部小说中，现实主义还是占主导地位的。

俄罗斯有评论说，在《自学成才的人们》中，作家像一个编年史家，把他所处时代的生活反映在纸上，但是没有触及所写事件（指1989年起发生在俄罗斯的事件）的原因和后果；在《怀疑之堡》中已经有了对之的反思和对错失的机会进行的独特核查，而在《通往下雪的道路》中我们可以找到对事件的总结。①也许吧，目前所能凭借的仅仅是这一部作品而已，而仅就一部作品谈观感就像盲人摸象，纵然是有的放矢，也可能因比例关系不对而有失偏颇。不管怎样，对乌特金的兴趣是被这部小说挑起来了，既然它是作家的三部曲之一，准备近期阅读一下其他二部，也许那时会有新的感想与大家分享。

预祝读者们阅读愉快！

译者

2015年8月

于满庭芳园

---

① 《"连道路也难以看清……"——评安东·乌特金的长篇小说〈通往下雪的道路〉》(И трудно различить дорогу... О романе Антона Уткина "Дорога в снегопад".) http://www.liveinternet.ru/users/eleroum/post220265265/